ファン文庫

# 東京謎解き下町めぐり

## 人力車娘とイケメン大道芸人の探偵帖

著　宮川総一郎

マイナビ出版

# 目次

# 東京謎解き下町めぐり

人力車娘とイケメン大道芸人の探偵帖

宮川総一郎
Soichiro Miyakawa

# 第一章　始まりは浅草駅から

「うわぁ、駅が真っ赤っかだ。派手になったなぁ」

オレンジがかった黄色いレトロ調の電車から、リニューアル工事を終えたばかりで、ピカピカに真新しい、浅草駅1番ホームに降り立った祥子(しょうこ)は、思わずキョロキョロと周囲を見回した。

「お～、ホームドア、浅草駅にも付いたのね」

「浅草、浅草、終点です。都営浅草線、東武線はお乗り換えです」

品のいい女性の声で場内アナウンスが流れている。未来的な中にもレトロっぽいアクセントを織り交ぜた、最新のデザインセンス溢れる東京メトロ浅草駅。乗ってきた電車も、木目の内装に真鍮(しんちゅう)色の手すりと、昭和初期の雰囲気を醸しているが、最新鋭のハイテク車両だ。

「きれいになったとは聞いてたけど、なんだかカッコよすぎだなぁ」

インバウンドだか何だかを期待して、外国人観光客にもわかり易く、日本の伝統的な美しさをデザインに施したつもりの駅構内だが、祥子はちょっと気に入らない。ホンモノの昭和っぽい古臭さがキレイさっぱり消されてしまったからだ。

「あ……、しまった。1番線だよココ。雷門のそばに出るには遠回りじゃん。都営線に乗り換えるならコッチだけどさ」

キレイになったとはいえ、駅の構造自体は基本的に変わっていないようだなと、ホームの前後を確認した祥子は、なぜだか進行方向のトンネルをジッと見つめている。子供の頃からの小さな疑問。終点のはずの駅なのに、祥子にはこの先もまだずーっとトンネルが続いているように見えるのだ。この先に何があるのだろう？

祥子は小さい頃、お爺ちゃんがトンネルの先を指さしながら、怖い話をしていたのをふと思い出した。

「何か線路に落としても、絶対にホームから飛び降りちゃイカンぞ！　ドカンと雷が落ちて、体が黒焦げになったあと、風神様と雷神様に両脇を抱えられて、トンネルの奥に連れ去られ、二度と帰って来れなくなるんじゃからな！」

本当は、線路の脇にもう一本、高圧電気が流れる第三軌道があって、それに触れたら危ないから、子供を脅しただけなのだろうな、と今では思う。大人になってから振り返れば、楽しい思い出だ。

銀座線は最も古い地下鉄だけに、地面から一番浅いところを走っている路線だ。電車が走る分だけ深く溝を掘って、上からフタをしただけだから、地面からホームまで降りる階段も短くて済み、エスカレーターに延々と乗せられることもない。だから足腰の弱い老人や、妊婦などにも比較的利用しやすい優しい地下鉄だ。

しかし逆に線路が浅すぎると、今度はホームと地上が近すぎて、その間の空間に改札フロア等を造れなかったりする。だから、よくある島式ホームの両岸に電車が止まる形ではなく、上下線の線路を挟んでホームが二つに分かれた形で、そこから直接地上に出る形にならざるを得ない。銀座線や丸の内線の古い駅はだいたいそうだ。

すると二つのホームで地上の出口がバラバラになり、もう片方の出口に行こうとすると一度登った階段をまた下ったり、『渡りトンネル』で線路の下をくぐって向こう側のホームに行ったりと、階段の余計な昇り降りが発生するし、歩く距離も伸びる。これではせっかくの浅いホームのメリットが台無しなのだ。

だから上野駅でJR線から銀座線に乗り換えるとき、電車が終点の浅草駅で、1番線に止まるのか、2番線に入るのか、ホームの時刻表に書いてあるし、わざわざアナウンスを流して教えてくれることもある。

都営線に乗り換えるなら、1番線行きに乗るべきだし、雷門のすぐ近くにエレベーターで上がるなら2番線行きなのだ。それで、目的と違う電車が来たら1本見送る。どうせ

2〜3分毎に電車は来るのだから、足の不自由な人が浅草駅の階段で、エッチラオッチラ対岸のホームに渡るより、1本待った方が早いくらいなのだ。

とはいえ、路線が複数交差するような大きなターミナル駅に比べれば、浅草駅の渡り階段なんて、どうという距離でもないはずなのだが、古くから下町に住む江戸っ子気質はそれすらも嫌う。要するに面倒くさがり屋が多いのだ。

で、嫌われてはマズイ、とばかりに東京メトロはお節介過ぎる忖度(そんたく)をしてくれている訳だが、そんな東京メトロの行き過ぎた気遣いの伝統も、祥子にとっては小さい頃からの当たり前のことだ。

という訳で、旅行用スーツケースなどの大荷物を持って、階段を余計に昇り降りするのを嫌った祥子は、赤い社寺のようなデザインが特徴の、4番出口から直接地上に出た。いくら地下駅が明るくリニューアルされたからといっても、やはり外の光の方が強く眩しい。祥子は少し目を細めた。

ここは吾妻橋の袂で、川向こうにはビールジョッキを模したビルや、独特な形をした金色のオブジェを載せたビル群が、スカイツリーを背に見える。川のこっち側には、水上バス乗り場と、東武電車が発着する松屋デパートなどが入っている、昭和初期のモダンデザインが施された浅草駅ビルが見える。

「うーん、帰って来たぁ、故郷に！」

祥子は、なんとなく隅田川が見たくなって、アーチ形の坂になっている吾妻橋を三分の一ほど渡って、橋の手すりから身を少し乗り出した。そして川面を見下ろす。宇宙船のような未来的デザインの水上バス『ヒミコ』が、今まさに桟橋に接舷せんと減速回頭している。

「はあぁ〜、帰って来たはいいけど……。これからどうしよっかなぁ〜」

川を見下ろしながら、祥子はぼんやり考えていた。

Tシャツにブルゾンを軽く羽織っただけの軽装とはいえ、階段で大荷物を地上まで上げると、やはりわずかに汗ばんでくる。しかし、春の訪れをハッキリと感じさせる、緩く暖かい風が川を渡ってくると、それが顔や首筋にとても心地よい。

浅草と隅田川は切っても切れない。だから東京メトロ浅草駅の発車メロディは『花』なのである。そして今、祥子の眼下には、その歌の歌詞にも入っている『隅田川』がある。これから一気に花を咲かせようと、蕾（つぼみ）を膨らませた桜の木々に川端を満たされ、川面は陽の光に輝き、潮の香りをそよ風が運ぶ。

あちらこちらから東京弁に混じって、いろいろな地方の方言や英語、中国語などが聞こえてくる。鉄橋をのっそり渡ってくる東武電車は、相変わらず急カーブを曲がるのに必死で、キーキーと軋むような音を立てながら松屋デパートにぎゅうぎゅと押し入っていく。なんと愛おしく、懐かしい喧騒なんだろうか。

祥子は、眩しくうららかな陽の下で、う〜んっと伸びをすると、ようやく心から故郷である東京に、地元に帰って来たのだと実感した。

「うん、やっぱいいいわ！　浅草」

「うん、いいよね、浅草駅」

期せずして耳に入ってきた男性の声。ヤバい、独り言を聞かれてた。って言うか誰、こいつ？

橋上の車道と歩道を区切る、腰くらいの高さの朱色のガードレールに腰掛け、黒炭か何かでスケッチをしている外国人青年の後ろ姿が、彼女の目の前にあった。

「浅草駅……、カッコイイですよね」

本当は、駅に限定して言った訳ではなかったが、こうなったら仕方がない。話を合わせよう。

青年は、熱心に駅とその周辺をスケッチしているようだ。美術系の学生だろうか。

ラフなジーパンに有名スポーツブランドのスニーカー、白いTシャツの背中には、ちょっとイイカゲンな風神雷神がプリントされている。これは、いわゆる外国人観光客向けの土産物だ。

無造作に置かれた灰色のバックパックには、画材でも入れているのだろうか。

「歴史を重ねてきた建物は、素晴らしいよ」

青年は、少し体をずらして、彼女の方に振り返った。

後ろ姿だけ見ても、均整がとれてる肢体だなと思ったが、振り返るとまさに、誰もが目を奪われる容姿をした青年だった。いわゆるイケメンというやつだ。しかし彼女は男性の顔と名前を一致させて覚えるのが苦手な方だ。それに、イケメン外国人青年なんて浅草では珍しくもない。

青年の髪は金髪のストレートで段カット、鼻筋が通って彫が深い。瞳はブラウン、典型的な欧米系の顔立ちだ。

この人、何をしている人なのだろう?

彼の佇まいは、外国人観光客にしては妙に、風景に馴染んでいる。長く日本に住んでいるのだろうか?

いや、もしかしたら日本人の血も混じっているかも知れない。と、漠然と思ったものの、そんなことよりも、どんな絵を描いているのかの方が気になっていた。祥子はスケッチブックの手元辺りを、さりげなく覗き込んだ。

もっとも『さりげなく』と彼女が思っているだけで、青年の方から見れば、けっこう遠慮なくグイグイ来てるなコイツ、って感じだ。

だが青年は、そういった通行人の類からの、好奇心を露わにした覗き見行為に慣れているのか、祥子の興味津々な態度を、さほどウザったくは感じていないようだ。会話をしつつも止めることなく、素早くペンを動かし続けている。その動きはシュッシュと、とても早い。まるで引いていく線がすでに決まっているかのようだ。デッサンの基礎がしっかりしてるし、それでいて建物の輪郭の捉え方がなんだか柔らかいな、と彼女は思った。

「EKIMISEですよね……？　でも描いてない……」

「うん、でも東武浅草駅には横文字のカンバンは似合わないよ。アルファベットを描かない方がずっといい」

それを聞いて、祥子の顔がパァッと輝く。

「そうそう、私もそう思う。あれは合ってない」

祥子は彼が、自分の思いと同じ考え方をしていることを、とても嬉しく感じた。

「アールデコの外観、17個の半円形の飾り窓が施された外壁。独特の彫刻物の装飾が特徴的な階段の手すり。地下鉄も、エスカレーター付きの東武電車の駅ビルも、昭和の初めの日本人にとっては驚きで、浅草駅自体が、アメイジングの塊だったに違いないよ」
「ふーん君、外国人のクセに話がわかるじゃない」
考えようによっては、かなり失礼な言い方だが、彼女にしてみれば単純に褒めている
つもりのようだ。
「当然だよ。だって僕はアーティストであり、ジャグラーだからね。芸術的な技で、人々
を驚かせるのが僕の仕事さ。だから芸術には詳しいんだ」
何か青年は、決めゼリフのようなことを口にしたが、祥子は自分の言いたい事の方が
優先されているようで、スルーに近い反応だ。
「ところがさあ、信じられないことに高度成長期の頃、東武電車の偉い人は浅草駅の外
観のデザインを、現代風に衣替えした方がいいと思って、ビルの外観を無個性で小ぎれ
いなパネルで覆い隠して、近代的なデザインを施したつもりになってた時期があったん
ですよ。……ところで、ジャグラーって何ですか？」
「本当かい？　なんて勿体ないことを。あ～、ジャグラーっていうのはね、日本だと手
品師とか大道芸人とかって仕事に近いかな」
「そっかぁ、ところで君は日本語がとても上手いけど、ずっとずっと前から日本にいた
訳じゃないですよね。平成24年よりも後に来日したんじゃないんですか。だって、浅草

駅の外装を補修して戻したのって、スカイツリーが出来た頃だもん。ところで、どんな手品が出来るんですか？　簡単なものでもいいので、何かやって見せてください」

祥子は、へー、という顔をした直後、なぜか少し得意げに言う。

「……ごめん。今はこのスケッチを仕上げてしまいたいんだ」

青年は、祥子の意外な鋭さにちょっと警戒したのか、それとも態度に気圧されたのか、少し冷静にトーンダウンして、目線を手元のスケッチブックに戻した。

祥子は、ちょっと図々しかったかなと少しだけ反省しつつも、地元の人以外でめったに浅草について語り合える人がいないため、もっとこの青年と話してみたいと思った。

左手方面を指さして、話題を変えた。

「古い建物が好きなら、あっちの『神谷バー』のビルもいいと思いますよ。なにしろ創業は明治13年の老舗だし、大正10年に今の場所にビル建ててから今日まで、震災、空襲を耐え抜いて来た建物なんだもん、スゴイ根性ですよね」

「確かにあれもいい。だけどガッツは関係ないよ」

青年は少しクスリと笑った。そして、改めて祥子に問いかけた。

「ところで、君は？　浅草に詳しそうだけど」

祥子は、右手の親指を自分のアゴに突き立てて言う。

「私は、大鳥居祥子、生まれも育ちも、ここ浅草です」

祥子はそう答えると。青年の即答を待った。人に名を尋ねた以上、自分も答えるのは当然のことなのだ、と彼女は思っている。

「そっかぁ……。地元なのか。どおりでね……」

あれ、名前、教えてくれないの？

青年は何か少し考える様な素振りをして、言葉を繋げた。

「僕は、浅草や上野、谷根千や向島とかの、歴史を感じさせる建築物なんかを描いて歩いてるんだ。でも、今まで君のことを見かけた事は一度もなかったな」

なるほど、彼の疑問は判った。とばかりに、すかさず彼女は回答する。

「それはそうね。私は地元だけど、ここ4年ほどは京都の大学生だったんです。だから住んでいた所も京都市内だったし、お盆やお正月も、あまり帰らなかったから、見かけることはないかもしれませんね。多分知ってる思いますけど、京都もいいところですよ。古い建物がたくさん残ってて、ちょっと浅草と雰囲気が似てるなって思んです。まあ、それ言うと京都の人はきっと怒るでしょうけど」

「……ってことは、祥子ちゃんは江戸っ子だね」

名前を呼びながら、微笑みかけられたら、多分、女性なら誰でもドキッとするであろうと、言えるくらいに彼は容姿端麗でカッコイイ。しかも声も高すぎず低すぎず、相当に魅力的だ。

けれど、祥子はちょっとズレている。『江戸っ子』と言われたことの方に、心の中で小躍りしていたのだ。

「ま、まあねぇ。私は確かに江戸っ子だねぇ、えへへ。ウチの家系はこの浅草で、少なくとも3代以上は続いてますからねぇ」

彼女は以前、お爺ちゃんが力説していた、江戸っ子の定義を思い出していた。

しかし、よく考えると彼の方はまだ、どこの誰なのか自分のことを一切明かしていない。

祥子は、それで君は？　と喉元まで出かかっていた。気になりだすと止まらない。

だが、それをガマンして、祥子はどうにか青年のことを開けないか話を迂回させる。

「ところで、君は絵を描くのが好きなんですか？」

「あはっはっはっ。そう見えるのかな。確かに嫌いじゃあないかな」

何がおかしいんだろう、と祥子は思った。

ジャグラーとかいう仕事？　をしているらしいこと以外に何もわからない。結局のところ、浅草には遊びに来ているのか、それともこの近辺に住んでいるのかすらもわからない、曖昧な態度だ。

もしかしたら、流暢に話しをしているが、日本語の細かいニュアンスを実はあまり理解できていないのかもとも考えた。しかし日本語のイントネーションは、祥子が聞く限りむしろとても正確に聞こえる。それはあり得なそうだ。

それとも彼の性格なのか。あるいはこういった曖昧な言い回しが一種の癖なんだろうか？

何でもハッキリと言ってしまう祥子には、彼の回りくどい言い方が、少し歯がゆく聞こえる。

「ふぅ」

祥子は一息、軽く深呼吸をすると、彼はきっと初対面の人とかにはあまり、ペラペラとお喋りしないタイプなんだろうと思うことにした。

しかし、それはそれ。とばかりに彼女はめげずに話かける。

「浅草にはよく、絵を描きに来るんですか？」

「ん、まあね。今日はもうそろそろ帰るつもりだけどね」

そう言って青年はまたニコッと笑って、左手で黄金の髪の毛を軽く掻き上げた。

「よく来るんなら、また会えますよね？」

そう聞いてはみたものの、なぜまた会いたいと思ったのか、自分でもハッキリとは理由がわからない。いや、逆だ。いろいろとハッキリしないから気になるのだ。

「さあ、それは……、どうだろう？」

青年は、スケッチブックから視線を移動させることなく、右手もまた止まることはない。

もしかして、単に意地の悪い人なのかな？

「あ、でもそうだ。次に会えた時には僕の手品を見せてあげるよ」

青年は顔を上げ、祥子の目をはじめてじっと見返した。

一瞬、祥子は青年のブラウンの目に吸い込まれそうになったが、『手品』を見せてくれるという話の方に、すぐに興味が移っていた。

「さっき聞いたんだけど、手品って、どんなのが出来るんですか？」

「いろいろ出来るよ」

いろいろでは、どんな手品かサッパリわからない！　と祥子は思った。こうなると祥子は図々しくなる。気になると止まらないのだ。

「ね、今見せてくださいよ。ちょっとしたのでいいから、お願いします。」

今の祥子にとってはこれでも、遠慮がちに言っているつもりなのだ。

「ごめんね。手品の準備もしてないし、今度会った時に見せるよ。じゃあもう描き上がったから、僕は帰るね」

青年は意外にも嫌な顔ひとつせず、両手を合わせて、ゴメンのポーズをとり、そそくさと、スケッチブックをバックにしまった。

「そっか、がっかり～」

とは言ったものの、祥子はまた彼に会える約束がもらえたと思った。

「じゃあ、約束、楽しみにしてますからね！」

祥子は念を押すように彼の顔を覗き込み、そして軽く首をかしげた。

「フフフ、またね。楽しみにしててよ」

そう言って外国人青年は、軽く手を振って、サッと歩道に降りて、バックパックをひょいと摑み上げ、小走りに言問橋方面に消えていった。

友達になれそう……、なのかな？

でも、実際の所、いつ会えるのかはわからない。

連絡先の交換もしていないし、そもそも彼の名前だって教えてもらってないのだ。

なのに彼女はなぜか、また会えると勝手に思っていた。しかもその時は手品付きだと、軽くウキウキしている。

もしかしたら明日かもしれない。そうだ、明日もこの時間に吾妻橋のこの場所に来てみよう。また今日のように建物のデッサンを描いているかもしれない。

祥子はそんなことを考えながら、東武浅草駅を眺めつつ、神谷バーの方に五差路の横断歩道を渡っていった。

最近、東武線を『スカイツリーライン』と呼ばせたり、浅草松屋デパートを『浅草エキミセ』と呼んだりしてるのは、地元っ子にはどうにも馴染まない。東武線の亀戸駅近くにあるビルだってそうだ。どこにでもある名じゃなく、『エルナード』の方が今もしっくりといく。

年寄りなら当然とも言えるこの保守的な感覚が、若い祥子にも強いのは、少々年寄りくさいからなのかもしれないが、やはり地元への愛着が強いからなのだろう。

こんな天気のいい日には、神谷バーの前辺りに来ると、客待ちの人力車の列が、少し先の雷門近くまで延びている。

この辺りは、観光客向けの人力車の発着所で、いろいろな会社に所属する車屋さんが客待ちをしている。大手旅行会社がツアー企画の一環として取次ぐお客さんも、だいたいココから出発する。本来、互いにライバル関係にある車夫(しゃふ)達も、休み時間なのか和気あいあいと談笑を繰り広げている。

今は午後二時。いつもなら祥子のお爺ちゃんが、自分専用にカスタマイズを施した、自慢の車を出して客待ちしていてもおかしくないタイミングだ。彼女は、帰宅する前に大好きなお爺ちゃんの姿を探しに、ここに寄り道したのだ

体力勝負の車夫の仕事は、35才くらいまでに現場を引退する人が多い。やはり男性が多いが、女性の車夫も少なからずいる。しかし、お年寄りは珍しい。だから祥子の祖父は異例であり、いればとても目立つ。それに車夫達から尊敬を集めるレジェンド的存在でもある。

粋に法被(はっぴ)を着こなした、お爺ちゃんの姿を探してみたものの、残念ながらいないようだった。

「おやぁ、もしかして祥子ちゃんかい？　なんだい、おっきな荷物引いて、帰省かい？

……にしても、どこの男の子かと思ったよ」

車夫の一人が彼女に気が付いて声をかけてきた。祥子の祖父とは違う法被だから、別の会社の車夫なのだろう。祥子からすれば、どこかで見た顔だな、という程度で名前も覚えていない。逆に車夫達からすれば、彼女は老舗(しにせ)車屋のひとつ、『人力舎』の社長の娘であり、レジェンドの孫なのだ。彼女に自覚がないだけで、実はココでは結構目立つ存在なのだった。

「大学を無事卒業して帰ってきました。あの、ところでお爺ちゃんは？」

その声を聞いて、また別の車夫が答える。

「午後は見ねぇなぁ。出て来てねぇのかもしれねぇよ？」

それを聞いた彼女は、ちょっとガッカリしつつ、軽く会釈をしてその場を離れ、雷門の方に向かった。

それにしても『男に見間違えた』、というのは冗談だろうが、それくらいに祥子は普段、スカートなど滅多に履かないし派手には着飾らない。普通の女の子よりもシンプルで中性的な服装を好むのだ。それは高校生の頃、陸上部にいた頃からの習慣だった。

それに今日は、荷物も多いし、まるで初夏のような陽気だっただけに、特に服装が男の子のように活動的だ。肩に掛けた大き目のショルダーバックには、着替えと身の回りの小物が詰まっている。引いている旅行用のカートの中身も、同様に京都で学生生活を過ごしたアパートを引き払った時の身の回りの品だ。土産物は布団や着替え、小物と一緒に先に実家に宅急便で送っている。

祥子の髪型は肩に軽くかかる程度の黒髪のストレートヘアだ。今まで一度も、髪を染めたことはない。今日は荷物を運ぶのに邪魔になるので、シュシュで後ろに小ざっぱりとまとめている。服装は黒のジーンズに、あまり濃くないカーキのブルゾンとパステルイエロー地のTシャツ、靴は黒っぽい布地のカジュアルなパンプスを履いている。

季節は春になったばかりだが、今日は空も青く高く、風もやさしい。荷物のせいで少し汗ばむくらいの暑さだけに、本当はジーンズにTシャツだけでもよかったくらいなのだが、一応よそ行きっぽく上着を羽織ったのだ。

最近お爺ちゃんは、なにやら腰の調子がよくないとかって、月に一度来る手紙に書いていたから、外国人観光客も多く、お花見で人出が多すぎるこの時期は、午後は無理をせずお休みを取っているのかもしれない。

まだ3月16日だというのに、今年の桜前線はダントツに早くて、数としては少ない早咲き種の桜は、もう既に満開といっても過言ではない、見事な咲きっぷりで、スマホを手に写メを撮ろうと外国人観光客が群がっている。近辺だけで千本は越えようかというソメイヨシノの蕾もぷっくり膨らんでおり、すでに準備は万端(ばんたん)、今すぐにでも咲き始めそうな雰囲気である。

この季節の上野公園や、浅草から隅田公園、スカイツリー近辺は、映画やアニメ、インターネットなどで日本の桜の美しさを知った、外国人観光客や、ツアーのお客さんが続々と駅や定期観光バスの停車場から溢れ出て来てごった返しの状態だ。午後になるとそこに、仕事帰りにお花見でもと、立ち寄ったサラリーマンなども加わり、東武浅草駅前交差点付近は、人の列に途切れがないほどの大混雑を見せる。

交番を過ぎ、雷門の巨大な提灯が右手に見えると、彼女は立ち止まり、門の右手に風神様、左手に雷神様を交互にじっと見ながら、大きく深呼吸をした。風神雷神が怒りの形相で動き出し、悪い子を浅草駅のトンネルの奥に連れ去る、祖父の話しを再び思い出す。案外トラウマになっているのかもしれない。

久しぶりに見る浅草寺の総門前は、大きな赤い提灯をバックに、記念に写真を撮ろうとする観光客で一杯だ。しかし、にもかかわらず、やっぱり古きよき味わいがあって、喧騒の中にあってても厳かでとてもカッコよく感じる。

小さい頃からずっと見慣れた景色なので、地元に帰ってきたという実感がますます湧いてくる。が、彼女の目はさらに左のいい香りを漂わせている店先へとすでに移動している。身体もズンズンと店頭へと吸い込まれていく。といっても目的は名物の『雷おこし』ではない。

「すいません、『もんじゃまん』を一個ください」

幸いこの喧騒の中では、彼女のお腹の虫の鳴く声はかき消されて、誰にも聞こえはしないだろう。どうせ格好を付けなければならないような人がいる訳でもない。祥子は受け取った瞬間、大きく口を開けて、ガブリと白くて柔らかいそれをほお張った。

（ああ、熱っつ。ん〜、このソースの甘辛い味がたまらない！）

祥子が、あまりにも美味しそうに食べているものだから、近くにいた、ちょっと太っちょの中年女性の二人組も、釣られて買ってしまう。

ふっふっふ、ナチュラルにお客を呼び込んでしまったではないか。才能かな？　私には、もしかしたら浅草の観光大使として才能が隠されていたのか？　と、無駄にお店の方にドヤ顔する祥子。

雷門の前は、言うまでもなく観光人力車も、たくさん止まっていて、解説や記念写真の撮影をしている。今も、ちょうどまた、一台止まったところだ。若い車夫が女子大生風の二人客に口上を述べている。

「この門は、記録上では天慶5年、西暦942年に建てられ、それ以降、寛永19年、1642年に焼失したり、何度も再建と消失を繰り返してるんですよ〜。さて、ここで問題です。現在のこの巨大な赤提灯（ちょうちん）は、いつ頃に造られたものでしょうか！」

「え〜、わかんなぁ〜い」

一番嫌いなしゃべり方だ。と、祥子は思わず聞き耳をたててしまう。

「古いのかなぁ？」

もう一人も、これまた、祥子の苦手な上目遣いの覗き込みポーズだ。

「さて、どうかな？」

若い車夫は視線を外して、おどけたポーズでとぼける。

「きっと古いよね、だって歴史がある建物だもん。じゃあ、明治の前、江戸時代の終わりくらい！」

慌てて、もう一人の子が突っ込んだ。

「ちょっと、ちょっとぉ。震災とか空襲とかから逃れられる訳ないじゃん」

「あ、そっかぁ。じゃあ、ざっくり戦後くらい？　……昭和？」

昭和だけじゃ、ざっくり過ぎだとばかりに、車夫は笑っている。

「ヒント！　昭和6年に出来た東武浅草駅があるビルは、東京大空襲では燃えなかったよ」

「え〜、余計にわかんなくなっちゃった。ギブですぅ〜」

「じゃあ、答え合わせしよっか。ちょっと、雷門をくぐって裏側から提灯をみてみよう……。ほら、何て書いてある？」

「えっ！　平成25年！　って、まだ新しいじゃん！」

「アハハハ、だってさ、これ紙だよー。そんなに長持ちしないって。大体10年毎(ごと)に新調されてるよ。それとさココ、見てみて！」

「あ〜、松下電器って……。パナソニックじゃん……、なんだぁ。あ、でも、下から見上げると、底に彫られてる龍がすっごい。素敵！」

「でしょう。底が見どころの一つなんだよ。あ、ココ笑うところね、昭和のオヤジギャグね。はい、ぜーんぜん惜しくなかったから〜、……じゃあ、残念賞はこの雷門の缶バッチ！」

車夫は、シート下付近の隠しポケットから、記念のお土産を出して二人に渡した。

「え〜、うれしぃ、ありがとございます！　とても楽しかったです」

祥子は、そのやり取りの様子を、ふ〜ん、と思いながら見ていた。

（なんかいいな。観光客に喜んでもらうのって、楽しそうだな……）

彼女の実家は車屋なのだし、こんなもの見慣れた風景なのかと思いきや、実は子供の頃に父や祖父に乗せてもらって以来、観光案内しているところを、ちゃんと見たことはなかった。しかし、他の職業でも、親の日頃の仕事っぷりを、きちんと見たことがない子供は少なくないだろう。珍しい話ではない。

祥子は興味が湧いてきたのか、ちょっと他の車夫の仕事ぶりも、覗き見ることにした。

「関東大震災が起きたのが、大正12年。浅草十二階ってえ、当時のランドマークだった木造の高層建築も倒れちまい、１９０万人が被災したけど、浅草はめげなかったねぇ。

震災からたった4年で、日本初の地下鉄、今の銀座線、浅草〜上野間を開通させ一気に復興させちまった。それが昭和2年のこと。当時、所要時間たった5分足らずの電車に乗るために、2時間も並んで大ブームになったそうだ。歩いた方が早いってぇの。でも、スカイツリーが出来た時も、50秒のエレベーター乗るのに3時間並んだんだし、ま、人間は何にも変わってないってぇ事かもしれねぇなぁ」

ふんふん、それは私も知っている。車夫達の口上に聞き耳をたてながら、あんな風に、歴史に独自の視点とかを織り交ぜて、楽しく面白く解説すればいいのか、と思う祥子。

「なんとなく、私にも出来そうな気がする」

いや、むしろもっと上手くできるのではないか？　くらいに彼女は思った。

何しろ、彼女は下町の歴史には詳しい。小さな頃からずっと話を聞かされてきたし、自分でも好きだったから率先して調べたりしていた。神社仏閣に限らず、古い建築物を見るのが好きだったし、そういった味わい深い建築物を案内するのは楽しそうだ。

小さい頃からそんな建築物に囲まれるように、入り組んだ路地裏で遊んできたのだ。

祥子に限らず、浅草に生まれ育った若者は割と地元の歴史や風土に詳しい。その訳は町内会の寄合などの人との交流の持ち方に理由がある。

一年を通じて催事が多い下町は、祭りの準備などで、しょっちゅう寄合が開かれる。

町内会だけでなく、子供会、青年会、親の会に老人会。大小の商店街の組合に、消防団。浅草寺をはじめとする、神社仏閣にからむ集まりも多い。もちろん寄合の後は、酒の席に流れるのが常だ。

そうすると年寄り衆の昔話、同じ自慢話を若い衆が何度も繰り返し聞かされることになる。結果、おのずと覚えてしまうのだ。祥子もそう言った席で、地元の歴史を繰り返し聞かされて大きくなった浅草っ子だ。

そういえば、休みの日に母とデパート巡りをしたっけ。銀座線は有名デパートをつなぐ線だって、お爺ちゃんが言ってた。何しろ三越前って駅があるくらいだし。銀座松坂屋、日本橋高島屋、三越に上野松坂屋と浅草松屋。見て歩くだけで楽しかったな。最後に『大食堂』でお子様ランチを食べると、もう眠くなっちゃって。

なんだか急に、母の顔をすぐに見たくなってきた祥子は、混雑の激しい道を避けながら、東武の浅草駅から見て北の方向にある彼女の実家、花川戸二丁目の方に歩を進めた。

二天門前の交差点を渡り、路地裏を縫って、ようやく実家の前に辿り着いた祥子は、自分の家の前に立てられている、見慣れない看板を発見し唖然とした。

「人力舎タクシー　24時間送迎します」

はあ？　何これ？　祥子は看板の内容を凝視し、思わずムッとした。

「これってタクシー会社の看板じゃない。いつからウチはタクシー会社になったのよ。ウチって伝統と格式を守る、浅草で一番由緒ある、人力車の会社じゃなかったの？　いやいや、何かの間違いでしょう。こんな事ありえない……」

「おや、お帰り祥子」

タイミングよく、玄関の引き戸を開けて祥子の母が顔を出して来た。やけにタイミングがいいだけに、もしかしたら祥子の帰りを玄関で待ちわびていたのかも知れないと思い、彼女は寄り道してちょっと悪かったかなと感じていた。

「ただいま、母さん、表の看板何？　これってどういうこと？　一体何が起こったっていうの？」

エプロンを整えながら、母が答える。

「ああ、それねぇ昨年にね、お父さんが、『人力車はもうダメだから職種替えする』って言いだしてねぇ。そう言えば祥子には伝えてなかったかねぇ。なにしろ雨の日も、夜間も人力車じゃぁ客が取れない。それに料亭とかへの送迎とか、粋な良客の予約も減って、最近はみんなタクシーばかりだし。このままじゃダメだと言ってねぇ……」

「そんなの、今に始まった訳じゃあないでしょう。明治の昔から車屋を始めて、戦争とかで長らくやってなかった時期はあったけど、私が生まれる前から、ずっとウチは観光客相手の車屋でやってきたんでしょう？　それを……、それを長女の……、一人娘の私に断りもなしに！」

「長年頑張ってもらってた車夫の人達も、みんないい歳になって引退を考えていたようだったし。それとねぇ、本当はお父さんの方が、だいぶ体力的にダメだったみたいで、『橋の上り坂がキツイってみんなが言ってる。可哀想だ』って他人事みたいにね。だから丁度いい機会なんじゃないかって。他所じゃ若い子がまた増えてるっていうしね。それに業界全体の近代化とかもあって、安全とかの面でも……」

「坂がキツイとか、年齢なんて、そんなの辞める言い訳にならないよ。それにウチだって、また若い子を雇えばいいじゃないのよ。最近じゃ逆に、車夫になりたいって人も増えてきてるし、浅草でこの商売やるんなら……」

「祥子！　玄関先で何を騒いでいるんだ。帰って早々うるさいったらない」

家の奥から父の声がしたかと思うと、玄関から台所へと続く廊下に、ぬっと居間から父が顔だけ出して来た。どうやら父も祥子の帰りを待っていたようだ。

「お父さん！」

「祥子は俺のやることに不満でもあるのか？　これでも父さんなりに、考えに考えて決めたんだ。父さんだって人力車には人一倍愛着がある。俺がどんな気持ちで決断したと……」

　そう言いながら、歯を食いしばって俯いた。祥子には父が感情を抑えながら、何とか泣くのを堪えているように見えた。それに釣られたのか、祥子も涙を堪えている。

「だってぇ……、車屋を辞めちゃったんでしょう？　人力車は廃業なんでしょう？」

「一応な。だが爺ちゃんはまだ『やる』って言ってるから、ウチとしちゃ全面的に辞めたって訳じゃない。しかしな、祥子。結局のところ人力車だけじゃうちは食えないんだよ。人を雇う余力ももうない。それに俺は一家の長として、この家を維持していかなきゃいけない」

　父は興奮してきたのか、声がまた少し大きくなってきていた。祥子はキョロキョロと辺りを見回す素振りをした。家と家の間の距離がほとんどない下町では、玄関先で大声を出していると隣近所にまる聞こえなのだ。それでも祥子は言われっぱなしで引き下がろうとは、思わなかった。

「人力車だって食えるもん！」

　祥子は、意地っ張りの子供ように言い返した。

「お前は4年間も家を空けておいて、生意気な口を利くんじゃない。大学にやる金だってタダじゃあないんだ！　俺がタクシー会社に鞍替えしたおかげで通えたんだぞ」

そう言われると、祥子は何も返す言葉がない。

第一、自分は大学を無事に卒業だけはしたものの、その後の進路を決めずに、生まれ故郷の東京に帰ってきてしまったのだ。父がそこを責めてこないのが、逆にキツイ。口を噤んで彼女の方が今度は下を向いてしまった。

改めて祥子は思う。

何で父さんに会うといつもこんな感じにしか話せないんだろう。冷静に話せず、すぐに言い合いになっちゃう。自分はもう、とっくに成人して大学も卒業したんだから、父に対しての反抗期は終わっててもいいもんじゃないか。

そんな風に自分の事を、まるで他人事のように客観的に見るこのクセこそ、父譲りであることを本人は気付いていない。父に対して、どんな時でも反抗的になる自分の態度は、中学、高校の頃と少しも変わっていないと祥子は思う。これじゃダメだと。

が、深く落ち込む祥子ではない。切り替えも早い。

「あ、じゃあ、お爺ちゃんは？」

祥子はお爺ちゃんと、まだ会えていないことを思い出した。

お爺ちゃんは、何があろうとも、人力車一筋のはずだ。多少の困窮で信念がブレたりはしないだろう。

「お爺さんはまだ車屋として、現役のつもりなんじゃないか？　天気のいい日はいつもの場所で客待ちをしてたはずだよ。辞めときゃいいのに、そのうち体壊したり、事故を起こすぞって俺は何度も止めたんだがなぁ」

祥子の父はそう言いながら、右手で顎を擦った。

何か考え事をしながらしゃべる時、父は必ずそうする。父のその他人事の様なものの言い方が祥子はあまり好きではなかった。

「お父さん、でもこれはちょと酷いよ。家業をお爺ちゃん一人に……、人力車をお爺ちゃん一人に任せるなんて」

「そうじゃない、俺も爺ちゃんに言った。若い後進を育てる方に専念したらどうかって。しかしな、新人を育てるのを面倒くさがってな。『一人の方がマシだ』って言って聞かないんだよ。だから俺も仕方なく……」

「それで、お爺ちゃんは、いま何処に？」

「珍しく遠乗りの客が入ったらしくて、京成上野の駅前で降ろしてるってよ、さっき連絡が入った」

そろそろ頃合いと見たのか、母が割って入ってきた。

「まあまあ、二人とも久しぶりに会ったんだから、早々に口喧嘩なんてしないでうちの中に入りなさい。祥子も荷物を上げて、早く着替えなさい。」

「はーい……、母さん」

そう言うと、祥子は靴を脱ぎ、玄関にきれいに揃えると、荷物を抱えて二階の自室に行こうとした。

「お父さんも久しぶりに祥子が帰って来たんだから、まず『お帰り』って言って優しく出迎えてあげたらいいじゃない」

「そうだな……、お帰り、祥子」

「ただいま」

そう言うと祥子は、トントンと狭く急な階段を登っていった。その顔には『なんて大人げない自分だろう』と、書いてあるかのようだ。それは父も同じだったのだが。

「そうそう二人とも、あと少しで晩ご飯ですからね。今日は祥子が帰って来たんで、すき焼きにしたのよ」

「わぁ母さん、凄いじゃない、どこの肉？　もしかして……」

二階から、興奮気味の祥子の声がする。壁も床も薄くて、声が通ってしまうのが下町の古い木造家屋の特徴である。

「『近江牛の牛コマすき焼き用』よ。ちょっと奮発したのよ今日は。だから早く着替えて降りてらっしゃい」

「すき焼きかぁ、今半のタレをベースにした、濃いめの昆布だしで作った割り下。母さん特製の味付け、そこに近江牛。生卵。最高だなぁ」

父は、母のすき焼きという一言で、気分が一転したようだ。

祥子もまた、今さっきまで腹を立てたことなど、母のすき焼きの一言で、忘れ去ってしまったようだ。要するに似た者親子なのだろう。

二階の自室は、運んできたキャリーケースやバックと、宅急便で京都から送られてきた数箱の段ボールでいっぱいになっていた。とりあえず、荷物を部屋の隅に寄せて重ね、布団を敷けるスペースを作る。

「もう、着いてるんだね。最近の宅急便は速いなぁ」

「それ、お父さんが二階に持ち上げたのよ、お礼言っときなさい」

「……はーい」

祥子は一階の台所にいるだろう母に向かって、返事をした。

「そうだ、ちょうどお風呂も沸いているし、旅の疲れを取ってから、夕ご飯にした方がいいんじゃない？」

夕食の支度を続けている母が、祥子に提案してきた。

母がそう言うという事は、夕食はあと20分後だ、祥子は過去の経験からそう思った。

早速、着替えのTシャツを段ボールの一つから出し、そして部屋の古いタンスの引き出しを開けて下着を取り出す。そこで彼女はふと気付いた。4年前と何も変わっていないことに。洗濯したての下着がきれいに整理されて、畳まれて自分のタンスにきれいに収納されている。

彼女が帰って来ることを見越して母が、整えておいてくれたんだろう。祥子はちょっと胸が熱くなった。そしてここは自分の家なんだと改めて強く感じた瞬間だった。

着替えとバスタオルを持って階段を、タタタンと速足で駆け下りた祥子は、脱衣場に入る直前に立ち止まり、台所にいる母に話しかけた。

「ねえねえ、母さん、今日さぁ、吾妻橋の上に西洋人っぽい青年がいてさぁ。スケッチブック持って、駅ビルを描いてたんだけど……、風神雷神の土産物っぽいTシャツ着てて金髪でブラウンの瞳で。そんな人って見たことある？　もしかして、いつもあそこでスケッチしてたりしない？」

「さぁ、見たことないねぇ。お前その人の事、気になるのかい？」

「気になるってほどじゃないんだけど、ちょっと聞いただけ。気にしないで」

「……。まあ、いいけど、スケッチしてる金髪の青年なんて、見ないねぇ」

「そう、ありがとう」

母は毎日のように駅前を通って買い物に出ているはずだ。その母が見てないという事は、あの青年は毎日あそこにいる訳ではないのかもしれないと思った。

「ただいまっ！」

玄関を勢いよく開ける音が聞こえた。お爺ちゃんが帰って来たんだ。

「お帰りなさい！」

祥子は服を脱ぐのを途中でやめて、元気な声で、玄関に飛び出して行った。Tシャツに下は下着だけだ。爺ちゃんは一瞬両目を大きく見開いて、驚いた様な顔をしたが、半裸の子が孫娘の祥子だとわかると満面の笑みを浮かべた。いい歳をしてこんな子供じみた事をする、孫娘が可愛くて仕方がないのだ。

「おうっビックリした。祥子じゃないか、いつ帰って来たんだい？　大きくなったのう」

「今さっきだよ。もう大きくなんないよ。前と身長一緒だよ」

「そうかそうか、久しぶりだなぁ、元気にしてたか？」

「うん、お爺ちゃんこそ、車引いてて大丈夫なの？」

「まだまだ、歳なんて関係ないぞ。車は力で引くんじゃないんだ。コツさえわかればどうってことはない」

「お爺ちゃんたらそんなこと言って、『相撲取りはもう乗せない』って前に言ってたじゃない」

母が笑いながら爺ちゃんの話に、楽しそうに突っ込む。

「しーっ美代子さん、祥子が帰って来た時にそんな事言わんでくれい」

「はいはい、ごめんなさい。ってていうか、祥子、玄関先で何て格好してんの。早くお風呂に入りなさい。まったくもう、いつまでたっても子供なんだから」

(まあ、この調子じゃあ、さっきの青年の話は、彼氏とか惚れた晴れたとかの話じゃなさそうね……。まだまだかしら)

祥子を風呂場に押し戻しながら、母は肩をすくめて、そそくさとキッチンに戻って行った。

爺ちゃんは祥子の後ろ姿を見ながら、改めて言う。

「いいか、祥子。車はバランスだ。そしてその基本は、何でも同じなんだ」

風呂に向かう廊下で立ち止まり、爺ちゃんの方に振り返り、真っ直ぐに見返しながら祥子は答える。

「知ってるよ、それお爺ちゃんの口癖じゃない、でも、やっぱり危ないから、もう相撲取りは乗せないでね」

「知ってたか、祥子。以前、桜の季節に上野のお山の上まで、関取を乗せて行ったことがあってな。助走をつけてやってみたんだが、しかし、どうにもこうにも登り坂を上がりきれない。そのうち、ワシが一瞬油断した途端、こっちの足が宙に浮いちまってな。危うく人力車ごとひっくり返るところじゃったよ」

「その話、耳にタコ。10回以上聞いた」

と祥子。

「ほら、祥子。早くお風呂入って来なさい」

せかすような母の声がする。

「はーい」

台所から、甘いたれの香りが、食卓の方に流れて来た。たれと割り下は、もうすぐに出来上がりそうだ。

好物の母のすき焼きの匂いを嗅いだ途端、父と爺ちゃんは、思わず唾を飲み込んでいた。

# 第二章　花見の名所『桜橋』

爺ちゃんが卵を掻きまわして、ネギ、シラタキ、シイタケなどを順に器に取って、タレに馴染ませて口に運んでいる。

「祥子、ワシはなぁ、すき焼きを食べる時、いつも思い出す歌があるんじゃ。『上を向いて歩こう』って曲知ってるか？」

爺ちゃんが祥子の方を向いて、突然そんな話をし始めた。

食卓を囲むと、爺ちゃんの昔話がいつもはじまる。

「うん、坂本九さんの曲でしょ。不慮の飛行機事故でお亡くなりになったっていう」

「本当に惜しい人を亡くしたよ。日本の産んだ世界的なシャンソン歌手じゃった。その『上を向いて歩こう』なんじゃが英題では、なぜか『ＳＵＫＩＹＡＫＩ』と呼ばれているんじゃよ。あの曲を世界に紹介したのはアメリカが初めじゃない。ビートルズを産んだイギリスの放送局が最初なんじゃ。洋楽の本場はやはりイギリスなのかのぅ」

「そうなんだ……」

祥子は実は、この話は何度も爺ちゃんから聞かされていた話ではあったけど、今日も頷いて大人しく同じ話を聞いていた。口は休まず箸で運んだすき焼きを、ほうばっている。

ちなみに『上を向いて歩こう』は作詞：永六輔、作曲：中村八大。『ＳＵＫＩＹＡＫＩ』は、１９６２年イギリスのジャズシンガー、ケニー・ボールが演奏し、音楽専門誌ビルボードで全米一位を記録した。この記録は現在に至るも、アジア圏の曲で破られたことはない。

『上を向いて歩こう』の曲名が、何で『ＳＵＫＩＹＡＫＩ』になったのかについては、当時イギリスから来日したパイ・レコードの社長が、心に残る日本料理の味を『すき焼き』という料理名で覚えていて、それから名付けたという説が有力だ。元の題名は憶えにくいから変えようということなのだろうが、歌詞の内容とは全く無関係の命名だというところがおもしろい。また最初はインストゥルメンタルだったという説もある。

ところで、このすき焼きを食べた日本料理店は、浅草の「今半」だったのではないかという説がある。

店の歴史の古さと格式、個室形式の御座敷もあり、浅草寺からの観光コースの流れに複数の店舗があることから、インターネットが一般化する前から外国人客も多く名も通っている。

数年前になくなってしまったようだが、一部店舗にあった昼食時の牛丼サービスランチは、千円以下でありながら、その数倍の値段のすき焼きと同レベルの味で絶品だった。これを食べると、他のチェーン店の牛丼は、一体何という食べ物なのかわからなくなるほどだ。浅草庶民には大人気のメニューだった。今は千円を越えたが、それでも究極の牛丼がこの値段で食べられるのは幸せと言える。

今半ですき焼きを食べた、とある外国人が、どうしてもその味を持ち帰りたくて合羽橋で、同じすき焼き鍋を買って、それを土産にしたという話もある。

それ程までに外国人観光客には印象深い味なのだ。

話を戻そう。

『上を向いて歩こう』も『東京音頭』も、子供の頃から彼女が大好きな曲だった。

今から4年前、京都で一人住まいを始めて数カ月、何となく東京への定期的な連絡も滞りがちになり、いつの間にか祥子はホームシックにかかってしまっていた。

そんな時、蒸し暑い夕刻、夕涼みで四条の河原に向かう繁華街の歩道で、若い学生風のストリートミュージシャンが、フォークギターで坂本九を演奏しているのを聞いた。

まばらな観客の中には外国人観光客も多かったから、海外でも有名な曲を選んだのだろう。

その演奏を耳にした途端、祥子は爺ちゃんの話、家族の顔、母のすき焼きの味まではっきりと思い出したのだった。

小さい頃からの家族との食事の思い出を、心の奥に大切に刻み込んでいてくれた『上を向いて歩こう』は、その瞬間、祥子の大切な一曲になったのだ。

爺ちゃんが話を続ける。

「なんで、上を向いて歩こうが『SUKIYAKI』なのかと言うとな、当時の欧米人が日本語でわかる言葉が少なかったせいなんじゃ。桜だの寿司だの天ぷらだのでもよかったのだろうが、やはり『すき焼き』が一番だと。まあ、妥当な命名じゃろう」

「SUSI（寿司）でもいい気がするけど……」

祥子は、爺ちゃんの昔話に話を合わせて答えた。

「SUKIYAKIが、英国人にはしっくりくるのが、彼らの感性なんじゃろうなぁ〜。寿司では言葉が短すぎて、曲のタイトルとしてはピンと来ない、ダメなんじゃろう」

「そうなんだ……」

祥子は改めて思った。

イギリスで初めてヒットチャートに登場した日本のヒット曲、日本とイギリスを繋ぐ歌の架け橋は自分と花川戸の故郷を繋いでいる曲でもあるんだと。

祥子が『東京音頭』が好きなのは、また別な理由がある。それはなんと言っても、東京の地元を扱った盆踊りの曲だからという単純な理由だ。

小さい頃から、夏になると何ヶ所もの神社仏閣の境内で盆踊りが開かれた。夕方になると明るいうちから「東京音頭」が風に乗って聞こえてくる。地元の盆踊りの最初は東京音頭からなのだ。その曲を聞くと祥子は母に頼んで、浴衣を出してもらう。いそいそと友達にメールして、待ち合わせ時間を決めて、母に買ってもらったお気に入りの京都和物屋の草履を出す。ちょっとヒールになっている可愛い草履だ。巾着に少額のお小遣いを入れ、それを履いていそいそと夕暮れの小道を曲の流れて来る方向に歩く。

その時のわくわくした気持ちが「東京音頭」の曲にまつわる楽しい思い出なのだ。

森村誠一原作の角川映画で麦わら帽子の詩が流れたことで有名な西条八十の作詞、昭和7年「丸の内音頭」の曲名で制作された。歌詞には丸の内、数寄屋橋などの地名が織り込まれた。翌年に「東京音頭」と改題されて上野、隅田などの地名が登場してくることになる。

祥子が他に子供の頃から耳に馴染んでいる曲と言えば、美空ひばりの「車屋さん」作詞作曲：米山正夫、「お祭りマンボ」作詞作曲：原六朗だ。

どれもお爺ちゃんが部屋で繰り返しかけていた曲で、幼少の頃に覚えた懐かしい曲だ。特に「車屋さん」は、お爺ちゃんの鼻歌に合わせて、祥子も一緒になって歌っていた。上手いと褒められて嬉しかったのだ。

すき焼きを食べながら、祥子は子供の頃の事を思い出す。

「やっぱり、ウチは車屋さんを辞めちゃダメだ。絶対に辞めちゃダメだ」

食事を終えて、早めに布団に入った祥子は、そう決心をした。


翌日、祥子は母にだけ行き先を告げて、とある会社に就職面接に出掛けた。

向かった先は「人力社中」、吾妻橋を挟んで川向こうに本社事務所がある、人力車の運行会社だった。祥子の父が変わらず営業を続けていれば、そこは実家の「人力舎」のライバル会社に当たる。ただし、規模はずっと大きく、右肩上がりに成長を続けており、大手旅行会社とも受託契約をして、年間を通じて安定的な経営を誇っていた。

その会社で働こうと思ったのは、祥子の中の父に対する反抗心からなのか、それとも人力車に対しての拘りからなのだろうか？

思えば高校に入学し、陸上部に入部して足腰を鍛え続けたのも、記録を伸ばしたいという気持ちより、いつの日か自分で人力車を引くときが来るかもしれない、という漠然とした予感があったからなのかもしれない。

「おう来たか、祥子ちゃん。大きくなったねぇ。見違えちゃったよ」

「やだなあもう、何年も大きくなってませんよ！」

祥子は昨日と同じような受け答えをした。

人力社中の社長の吉良義重（きらよししげ）は、寄り合い、祭りの席では小さい頃からの顔馴染だ。祥子のこともよく知っている。

下町では、こういった古株が、地域の世話役だ。顔役として町内会や、各種組合の活動における人間関係を円滑にまとめている。

お祭りや、寄り合いの席で顔を合わせることが多い隣近所は、遠距離の親戚なんかよりよほど頼りになる。正に遠い親戚より近くの他人の社会なのだ。

祥子の家もライバル企業とは言え、小さい頃から父母に手を引かれて、人力社中の社長や社員の面々とは、人力車組合の寄り合いなどで顔を合わせることが多かった。

自然と会合の後は酒を酌み交わし、宴会が始まる。そうなるとライバルなのか飲み友達なのか、会社同士の境などは吹っ飛んでしまう。

祥子は小さい頃に人力社中の社長さんの膝の上で、お団子をもらったことを薄っすらと覚えていた。

「いやぁ、すまん、すまん。ずいぶん久しぶりだったんだから、勘弁してくれ。でぇだ、ウチで働くってことは、親父さんは了解しているのかい？」

吉良は、お茶を飲みながら祥子に訊ねる。祥子も、お茶を頂きながら、少し気まずそうに答えた。

「それが、実は父には少し言い辛くて……。こちらにお邪魔する前に、母には相談したんですが……」

「そうか……、親父さんに言い辛ぃのは、何でなんだい？」

「うちは今、人力車、お爺ちゃん以外は辞めちゃってるんで、車を引けないじゃないですか」

「そうだなぁ、人力舎さんとこは、数年前にタクシー会社に鞍替えしちゃったからなぁ。これも時代の流れで仕方ないのかねぇ。まあ、うちは辞めるつもりはないよ」

「私も、内心では、ウチが辞めちゃうのは仕方ない事とわかってはいるんです。でも、私は続けて欲しかった。ただ、父はきっと私が他で働くのを嫌がるんじゃないかなぁって思って……」

「うんまあ、事情はよくわかったよ」

「……ありがとうございます」

そう答えた祥子は、もう吉良に使ってもらえる気になっている。

「祥子ちゃんがいいのなら俺んとこは問題なし、ＯＫだ。地元にも詳しいし、根性があるのも子供の頃から知っている。今どきの甘ったれな若い他所もんなんか、懇切丁寧に車の引き方を教えてやっても、すぐ辞めちまうからな。全く教え損だよ」

吉良はそう言って期待を込めた眼差しで祥子の方を見た。

「ほんとですか、ありがとうございます。一生懸命引かせていただきます」

祥子はそう答えながら、不安になった。

実は昨夜の勢いで、朝一で連絡して面接に来てしまった手前、実際に心の底からしっかりと覚悟が出来ている訳ではなかった。正直、一度もちゃんと車を引いたこともなく、自信がある訳ではなかったのだ。

それでも自分としては、いま車屋をやらなければ、きっとこの先、やれる機会は減る一方だろうと思っていた。だからとりあえず、まずは門を叩いてみようと行動したのだ。

再び、お茶をすすりながら吉良は、祥子に念を押した。

「まあ、ウチで働くのはいいんだけど、ただ、親父さんにも、なんとか今日の件、きちんと話だけは通しといてくれよ。後で寄り合いとかで会った時、俺もさぁ、気まずいから」

「はい、父には今日、自分から話します。社長には一切ご迷惑をおかけいたしません」

「おいおい、社長とか言われるとなんか堅っ苦しいな。今まで通り、吉良おじさんでいいよ」

「そう言う訳にはいきませんよう。今日から仕事の上司に当たる訳ですから。社長は社長です」

「そうか、祥子ちゃんもそういう齢になったって訳だ。俺も祥子ちゃんの親父さんも、年を取る訳だぁなぁ」

　そう言って、頭をポリポリとかいている吉良社長に、祥子は具体的な話を詰めていく。

「それじゃあ、仕事にはいつから来ていいですか？」

「ああ、そりゃあ、俺の方はいつからでも構わないよ。車も用意させておく。祥子ちゃんの予定に合わせて来てくれればいいかな」

「それなら、さっそく明日から来てもいいですか？」

「まだ、東京に帰って来たばかりなんだろう？　大丈夫なのかい？」

「東京に帰ったら、すぐ自分の力で働こうと決めてたんです。いつまでも親に面倒かけたくないので」

「そうかい偉いな。そういう事なら明日から待ってるよ。頑張ってな」

「はい、ありがとうございます!!」

その時、玄関の引き戸が開いて、背の高い20代半ばに見える男性が、鯉口シャツの上に概ね腹掛けに股引き法被という人力車を引く仕事着の正装で現れた。足元は足袋を履いている。

粋でいなせな伝統着衣という体だ。

車引きはこうでなくっちゃいけない。気持ちが引き締まる。

その服装を見て祥子は一見してその若者が人力社中の社員だという事がわかった。

「今、戻りました。社長」

「おうっお帰り。紹介しとこう藤原理久だ」

そう言って吉良は、祥子の方を見た。

吉良社長に、仕事から戻った挨拶と簡単な報告を済ませると、その若者は祥子の事を物珍しそうにじっと見つめた。

祥子も探るように、その若者を見詰め返す。

彼は背丈１７５くらいはあるだろうか？　現代の若者らしく鼻筋が通って、目は切れ長で涼し気だ。祥子と目が合うとニコっと軽く、目と口元で笑いかけてくれた。

祥子は軽く青年に頭を下げて挨拶を返す。

「この子は？　……新人の面接ですか？」

「ああ、もう決めたよ。この子は採用だ。明日から来てもらうから、女の車引きはうちではまだいない。紅一点、客の注目を集められること間違いなしだよ」

「おじさん、あっ失礼しました。社長、まずは練習してからでないと、まだうまく人力車を動かせられるかどうかわかりませんよ、私」

「だから、吉良おじさんでいいって……」

吉良は頭を掻きながら、祥子に「社長」と呼ばれることが、なんとも恥ずかしいようだ。

「なんだ、社長の知り合いの娘さんですか」

「後で、詳しく説明するが、祥子ちゃんはその辺の娘とは訳が違うサラブレットだ。この子がこんな小さな頃から、よく知ってるんだよ俺は。彼女、最近まで京都の大学に行ってたんだが、卒業して地元で就職って訳だ。まあ、この辺りじゃよく聞く話だろ」

「初めまして、オレは藤原理久と言います。出身は大阪」

「よろしくお願いします。大鳥居祥子です。あのっ失礼ですが関西の方なのに、完璧な標準語で話されるんですね」

「うん、最初こっちに来た時には、東京言葉を話すのは、なんだか変な気がして、どうも慣れなかったんだけど、もう一年になるんで、東京言葉も英会話の練習と同じようなもんだと、割り切ってみたんだ。そしたらすっかり関西弁のクセもなくなってね」

「へ〜、そういうもんですか。そういえば、私は京都弁はうつらなかったなぁ」

そんな話から始まって、祥子は藤原と人力車についてのあれこれを話し始めた。

そしてひとしきり話がまとまったところで、祥子は今日のところはお暇しようと席を立った。

「まだ、わからないことだらけなので、すいませんが明日から人力車のこと、一から教えてください」

「わかった。そういう事なら、明日からオレが教育指導係ってことでよろしく」

「ハイそれじゃあ、どうぞよろしくお願いします！」

こうして祥子は、人力社中にまずは見習いからという事で入社を決め、吉良にお礼を言って、社内にひと通り挨拶回りをしてから、帰路に着いた。


「人力社中」の本社兼社長の自宅は、祥子の住んでいる花川戸から見ると、隅田川を挟んだ反対岸になる。祥子は一発で面接合格を貰えた嬉しさから、帰り道を迂回して桜橋まで墨堤をぶらぶら散歩しながら帰ろうと思った。

桜橋は1985年に完成した新しい橋で、上空から見るとX型をした、隅田川にかかる中では唯一の歩行者専用の橋だ。川の両岸に広がる隅田公園は桜の名所として知られ、開花シーズンには大変多くの観光客で賑わっている。

桜橋はTV、映画のロケーションとして多くの作中に登場している定番の撮影スポットだ。

日本の桜の名所100選にも選ばれており、八代将軍徳川吉宗が隅田川の両岸に植えたことが始まりとされる。墨田区側の川近くだけで約350本、台東区側には約600本の桜が一斉に咲き乱れる景観は壮麗だ。元々、白髭橋の北、木母寺から東武線近くの水戸徳川家、下屋敷近辺に至る隅田川堤は「墨堤」と呼ばれていた。

その日、隅田川の川面は夕暮れ時で、大きな夕日を照り返し、きらきらと光輝いている。

川縁の突堤に咲く桜は、日当たりのいいところはもう五分咲きくらいになって来たようだ。むしろ満開でない今が、見頃と言ってもいい感じだ。

桜の満開を示すポイントは枝の先の蕾が開いた時だそうだ。

よく見ると確かに枝先にはまだ蕾も多い。それでも幹に近いところに咲いている桜の枝には既に葉が芽吹いてきている。一本の木にも花の咲き方のタイミングに多少の開きがあるので、一概に三分だ五分だ、満開だと決めがたい所だ。

祥子が京都のアパートを引き払って、急いでこちらに帰って来たのも、京都の桜がほころびかけているのを見つけて、今年の花見は何としても地元、浅草でと考えたことも、理由の一つだった。

大学に入る前には毎年のように見に来ていた隅田公園の桜は、今年も見事に咲き誇るに違いない。今日の咲き方を見ると確信できる。

桜橋にほど近い辺りの突堤の上は、絶好の花見スポットとなっており、地元の寄り合い衆などが、桜の咲き始めた頃から競って連日場所取りをしており、昼間から数人ずつの集団が集まっては、毎日のようにあちこちで酒盛りを繰り返している。

この時期はまだ花冷えといわれ、夕方を過ぎると気温が急速に低下する。夕刻を過ぎるころには川面を吹く風も急に冷たさを増して来る。

多少の厚着をして来ても、その急激な温度変化はかなり身体に堪える。

地面から伝わってくる冷気は、突堤の地べたにムシロ一枚で座り込んでいる者達にとって、体を芯から凍らせるほどの激しさだ。

酒盛りをしている地元の集団の平均年齢は、見るからに高い。座り込んでいる者の多くは、齢60歳を超える男女がほとんどのように見える。

そうなればこの寒さ、酒を飲まないとやってらんないという事になるのは当然のことだ。

寄り合い会の元気な老人達は、手に日本酒のカップを持ち、花見と同時に店開きをした屋台で買った焼き鳥やおでんなどを肴(さかな)に、ちびりちびりと日本酒や自宅から持ち出したとっておきの焼酎、ワインなどを楽しんでいる。

地元の花見は、人が集まると例外なく長時間に及ぶため、そこで交わされる話題も気になるところだ。

しかしそれは何という事もない。桜の花の話題はすぐに終わって、盛り上がっているのはご近所の話題や、芸能ニュース、最近多い不審者が出没したという区役所からのお知らせ、先に控えたオリンピック、観光ブームで外国人がずいぶんと増えた話題などで、いつもの寄り合い談義となんら変わることがない。

「ここはいいなぁ。桜がホントにきれい！」

咲きはじめた桜を眺めつつ、祥子は花見をしている集団の中に、知った顔のご近所様がいないか、さり気なく視線を走らせていた。

その時、祥子は桜橋の二股に分かれたY字型の出口付近に、昨日、吾妻橋で出会ったあの外国人青年を目敏く見つけ、アッと声を思わずあげてしまった。

青年は今日も、ベンチに座りながらスケッチブックに向かって、黒炭のようなものを走らせていた。

ところで本来、橋というものには、入口と出口があるのをご存じだろうか。

橋の名板に漢字で名前が記されている方が入口、ひらがなで書かれている方が出口とされているのだ。通常はその道の起点側が入口で終点側が出口だ。つまりメジャーな国道なら日本橋に近い方が入口となるのだろう。

祥子は東武浅草駅を起点に考える癖が付いているので、勝手に対岸を橋の出口と決めていた。

橋の出口付近でスケッチをしていた、かの青年の方も祥子を見つけたようだ。祥子と目が合うと、一瞬手を止め、ニコリと微笑んで右手を挙げて挨拶を返してきた。

祥子には、彼の方が先に自分の事を見つけていた様に思えた。それなら彼の方から挨拶をしてくれてもいいのに、と言う考えがチラリと頭を過(よぎ)った。

彼は、もしもこちらが彼の存在に気付かなかったら、そのまま通り過ぎるのをじっと待つつもりだったのだろうか。

ちょっと気にはなったが、まあ別にいいや。とばかりに祥子は、それ以上深く考えることなく、青年の方に小走りに近づいて行った。

「また、お会いしましたね」

祥子はそういって声をかけた。

「こんばんは、祥子ちゃん。こんなところで奇遇だね」

「えっ、私の名前、覚えててくれてたんですか？」

祥子は、彼が自分の名前を覚えていてくれたことが、むしろ意外だった。

「もちろんさ」

青年はそういって、軽く頷いた。

「あ、そうだ、今日こそ君の名前、教えてください」

祥子は、前回聞き出せなかった彼の名前を、今度こそ絶対に聞きだすぞと、意気込んでいたのだったが……。

「僕は、宴大也(うたげだいや)って言うんだ」

今回、青年は拍子抜けするほど、あっさりと答えてくれた。

それにしても、この容姿でバリバリの日本人名か……。すごく驚いた。新たな謎が増えてしまった。

「姓が宴で、名が大也ですか。なんだが、とっても派手なって言うか、とても煌びやかな名前ですね」

　ついに名前が聞けた。しかし前回、自分の名を私に言わなかったのは、もしかしたら、名前の派手さを気にしてかもしれないな、と祥子は勝手に考えた。

「うん、そうなんだよね。まず、苗字が何とも脳天気なんで、せめて名前くらいは重々しく決めてほしかったのにさ。僕の両親は、どうにも派手好きでさ、まあ、エメラルドとかの当て字にされるよりはダイヤモンドの当て字で『大也』の方が、まだいくらかマシかなって」

　それは確かにエメラルドよりはダイヤの方が、まだ普通の名前っぽいだろうな、と祥子は納得した。エメラルドを漢字にすると、昔の暴走族の当て字みたいになっちゃう。

　彼女は、また会えると言った根拠の無い言葉がこんなに早く実現したことで嬉しくなっていた。

「ところで宴君は、今日はココで何を描いているの？」

「今日はね、この桜橋を描いてるんだ」

　そう言って、大也は足元を指さした。

「え？　桜じゃなくって、桜橋の方なの？」

「そう、この橋ってデザインが独特でしょ。ゆっくりと散歩したい人向けの設計なのかな？」

「この橋、ＴＶドラマや映画とかで、けっこうロケに使われてるんだけど、知ってました？」

「へー、そうなんだ。でもちょっと、わかる気がするなぁ。この橋は見る角度によって、すごく表情が変わるんだ」

何を描いているのかと訊いておきながら、祥子の関心は例の約束の方にすでに移っている。

「そうそう、ところで昨日会った時、何か手品を見せてくれるって、約束したの覚えてます？」

「うん、覚えてる。でも僕は今、この橋を描くのに忙しいし、……それに手品っていうのは、多少仕込みに時間がかかるんだよ」

「あ〜、なんか昨日もそんな事、言ってましたよねぇ」

祥子は彼の表情を伺うように見ながら、そう言って軽く押してみた。

「あれ、そうだっけ？」

とぼけてるのか、忘れてるのか彼の表情からは、なんとも読み取れない。

「今日は、私、特に急ぐ用事もないし、待ちますよ、その仕込み。だから是非、手品を見せてください」

祥子は、ダメ元でグイグイいく。手品を準備ナシに、いきなりやれと言われても、出来ない事くらいは、彼女にだってわかっている。それでも今日は、ちょっと強く言ってみたかったのだ。

「そうですか、それじゃあ、少しだけ待ってて」

大也があっさりOKしてくれたことがむしろ祥子には意外に思えた。

「えっ、やったぁ」

祥子は無邪気に、両手を大きく挙げて喜んだ。

ところが、大也はそう答えた直後、何事もなかったかのように、また手元のスケッチブックに視線を戻し、やりかけの作業を再開した。

どうやら祥子に話しかけられる前に描いていた桜橋のデッサンを、区切りのいいところまで続けるつもりのようだ。

手品には仕込みがいるとか言っていたのに、これじゃあデッサンが終わるまで、始まりそうもないわね。

祥子はチラリとそう思ったが、ここは焦ったら負けだと、腰をじっくり据えて、彼が手品の仕込み終えるまで気長に待つことにした。

それに、せっかくだから桜の花に彩られた、この季節だけの桜橋の夕暮れ時を楽しみながら、待たせてもらおうと思い直した。

水面に照り返していた夕日が少しずつ、浅草側の公園の向こう、低いビル群やマンションの彼方に落ちて行く。水面ギリギリを水鳥が数羽ゆっくりと滑空して過ぎて行く。『都鳥』だろうか。最近では『ゆりかもめ』と言った方が通りがいいかもしれない。

陽がビルの陰に落ちて行く、その短い時間の光と色彩の変化は、とても美しいなと祥子は感じていた。それに従って、川面を渡る風が徐々に肌に冷たく感じ始める。花冷えだ。

もうすぐ辺りは、夜の帳に包まれていくのだろう。

突堤の街灯の灯りが点いて、桜の花を下から照らしあげる。ライトアップのような効果で、桜が映える。

桜に彩られはじめた突堤の道を、地元の花見客の集団に紛れて、お相撲取りや、芸者と会社員風の一団が通り過ぎて行く。川岸の突堤を降りた反対側の料亭街の、どこかの店の客なのだろう。これから夜桜を見物しながら宴と洒落込む時間だ。

「さて、お待たせしました。用意が出来ましたよ」

突然、大也が声をあげ、それまで手にしていたスケッチブックを、ペン入れと共にグレーのバックパックに入れて足元に置き、ベンチから立ち上がると、両手を広げて大の字にポーズしながら立った。

祥子にはそれのポーズからは、どんなマジックの準備が出来たのか、皆目見当がつかなかった。しまう直前に、スケッチブックにチラッと視線を走らせてみたが、デッサンが完成している様子もない。

一連の動作からは、彼が何かを仕込んでいた様子は伺えなかった。本当に何か準備していたのだろうか。

大也は立ち上がると、祥子の立っている位置から、徐々に自分の立ち位置をずらしていくような動きをした。

「祥子ちゃんは、そこから動かないでくださいね」

そういって彼は、チラリと自分の腕時計に視線を走らせ、いつの間にか、どこからか出してきた細い40センチほどの右手のステッキを、祥子の方に振って見せた。

「祥子ちゃん、このステッキをよく見て！」

そう言って大也は、次にステッキを持っている右手を高く空に掲げた。

「今から、祥子ちゃんに、流れ星をプレゼントします」

大也はそう言って、ステッキの先をクルクルと円を描くように回して見せた。

「え？」

祥子は、流星をプレゼントと言われても、何が起こっているのか、ちょっとピンと来ない表情だ。呆然と大也が空に向かってあげている右手のステッキの動く先を、不思議そうに見詰めていた。

すると、次の瞬間、ステッキの先に小さな光が宿ったように見えた。

その光が一瞬、スパークした様に祥子には感じられた。

大也はステッキを持った右手を素早く右下に向って振り下ろす。するとその光は尾を引いて天空を流れて、北の空に向って光を放ちながら流れ落ちて行った。

大也の持つステッキの先に光が宿ったのではない。丁度祥子の立った位置から、大也の右手を振り上げたステッキの先端に当たる部分に、重なるように夜空に流れ星が生まれたのだ。

その星は大きく尾を引いて、中天を流れ北の空に落ちるように消えて行った。

「ええっ、ナニ、今の。すっごい、ねぇ、ねぇ、今の何？」

祥子は本物の流れ星が、北の空に落ちていったように見えたが、それにしても、どうして流れ星が丁度いいタイミングで発生したのか、大也のステッキの動きにテンポを合わせて、流れて落下するのか、全然わからなかったのだ。

「次っ！」

「えっ！」

大也は先ほどと同じように、ステッキを華麗に動かして、その先にまたも光点を出現させて見せた。それが夜空に輝いて、流れ星となってまたしても北の空に向って落下して行ったのだ。

「次！」

「また！」

大也が同じように右手を高く空に掲げる。すると再びステッキの先に光が出現する。それは彼のステッキの動きに従って、夜空に輝きをましながら、そのまま流れ星となって同じように北の空に落ちて行った。

「さあ、最後だ！」

そう言うと大也は、両腕を天に向かって大きく振り上げ、その手の間に出現したひと際大きい光点を摑み取ると、全身でそれを固定するような動きをした後、光点を北に向かって流す様に両手を振り下ろした。中天に生まれた光点は、今までの三つの流星よりも、力強く光りを放ちながら北の空に向かって、勢いよく流れ落ちて行ったように祥子には見えた。

「ハイこれで、おしまいです。いかがでしたか、祥子ちゃん」

大也は少し息が荒くなっていたが、上手くいったのか得意顔だ。

「スゴイ、スッゴイ、ビックリした。ねぇねぇ、あれどうやったんですか？」

祥子はスケールの大きなマジックに心底驚いて、夢中になって拍手した。

近くで花見をしている集団の中の何人かは、夜空を流れる四つの流星に気づいたようで、中空を見上げて落ちていった方向を指さして、ざわめいている。

しかし一瞬の出来事だったので、ほとんどの花見客は見過ごしてしまったようだ。

「もちろん、手品だからタネはあるよ。でもそれは教えられないよ」

「そうですよね。手品のタネ、簡単に教えたりしませんよね。それにしてもこんなにキレイな手品、私、今まで見たことありません。ＴＶでやってるのも見たことないし、ホントに凄いです。最高！」

「ふふふ、ありがとう」

「実は、正直に言うと、私さっきまで、トランプの手品とか、シカゴの四つ玉とか、そんな感じのを見せてくれるのかなぁって想像してたんです。でも、そんなレベルじゃなかった。本当に今の流れ星には感動しちゃいました」

「僕は、美と感動をテーマにしたジャグラーなんだ。浅草の観光名所の近くの指定された場所で、定期的に依頼を受けて、あれこれ披露しているんだ。だから、祥子ちゃんにもきっと、そのうちまた会えると言ったんだ。でも、こんなすぐに会えるとは思わなかったよ」

「私も、昨日の今日で会えるとは思ってませんでした。でもおかげで素敵な手品見せてもらっちゃいました。今日は大感激です」

「喜んでもらえて、僕も嬉しいよ」

「今の「えい！」って流れ星を出すヤツ、もう一回、アンコールしてもいいですか？」

「あ、それはちょっとダメかな」

大也は、少し困ったような表情で言う。

「ごめんね。今日はもうネタ切れです。アンコールはもう出来ません」

「そうですか。うーん残念。いいえ、ごめんなさい。私、無理なことばかり言ってしまって」

「いや、それはいいよ」

そう言って、大也はステッキを足元に置いてあった、バックパックに仕舞い込んだ。

「ところで宴君は、この近くに住んでるんですか？」

「ええ、そんなに遠くないよ。15分くらいかな。川向こうの花川戸でシェアハウスの管理人をしてるんだ」

そう言って、彼は川向こうの花川戸方面を指さした。

「ええっ、私の家から近い！」

祥子は思わずそう口に出した。

「そうなんだ。祥子ちゃんの家も花川戸なんだね」

大也が聞き返してきた。

「そう。私の実家なんです。それにしても今まで、ご近所なのに私達、なんで顔合わせなかったのか、不思議ですね」

と祥子が言う。

「昨日祥子ちゃんが言ったように僕は昨年、イギリスから日本に帰って来たんで、最近までここにはいなかったんだよ。両親はまだ仕事でヨーロッパにいるんだけど、日本にある実家を、ただ空き家のままに遊ばせとくのはもったいないんで、シェアハウスとして活用してもいいかと両親と相談したんだ。それで多少改築工事をして、昨年からシェアハウスの管理人を始めました」

「へぇ、そうだったんですか」

「だから、僕はシェアハウスの管理人をしつつ、浅草の観光名所でジャグラーもやってるんです。正直、そっちはまだ修行中の身なんだけどね。祥子ちゃんは今何をやっているの？」

「私は、……車引き、人力車の車夫なんです。といっても実は、私も見習いなんです。しかも、今日から」

「それは素晴らしい。今日就職が決まったんだね。おめでとう」

「ありがとうございます。この仕事には私、大きな拘りがあるの。明日から頑張らなくっちゃ」

「あ、そうだ。就職も決まったことだし、もしもこれから、一人住まいすることがあるなら、ちょうど今、空き部屋が一つあるんだ。どう、借りてみない？」

「それって、女子専用ですか？」

「ではないです。うちは人種も性別も分け隔てなく、空間を共有することをテーマにしているんだよ。と言っても、もちろん、部屋毎にトイレはあります。そこは共有ではありません。あと、シャワーも。キッチンとサロンルームは共有です。海外の方が割と多くて、国際色豊かなシェアハウスなんだよ。サロンルームは一階の大きめの居間で、そこでの国際交流は楽しいですよ」

「へぇ～、なんだか素敵ですね。今度遊びに行ってもいいですか？」

「ええ、どうぞどうぞ、ご近所なんですから是非、気軽に来てください」

そんな話をして、祥子はそこで大也と別れた。

2日連続で彼に会うなんて、彼とは何か縁があるんだろうか。偶然にしては出来過ぎなのではとさえ思える出会いだった。

それにしても今日の手品、想像以上の驚きだったと改めて祥子は思い返していた。

気象庁が満開を告げるタイミングは、既に早咲きの花から散り始めているくらいのタイミングだ。だから、路上には花びらの山ができ、皇居のお堀の水面は花びらですでに埋め尽くされている。満開宣言が出たら、急いで見に行かないと、後数日で桜は見納めなのだ。

桜が満開に近づくと毎年のように強い風を伴って雨が降り、せっかくの桜を一夜にして路上に落としてしまう印象が世間にはあるようだ。

でも思い返してみて、祥子はそこまで花見の期間が短かった年はそう記憶に多くない。桜は意外と頑丈な花だと祥子は思っている。

それより毎年、気が気ではないのは、隅田川の花火大会だ。

朝から雨なら、翌日に延期になるのだが、問題は朝から晴れ渡り、午後になっても天気が崩れなかったにもかかわらず、夕方に天気が急変するパターンだ。

打ち上げ開始の時刻になって、急に天候が悪化し、始まって20分でドシャ降りとなり、30分で中断となってしまった事も一度だけあった。

現地では朝早くから少しでもいい場所で見るために、場所取りをして、おつまみや酒を用意していた訳で、地元民はがっかりだったなのだ。


桜橋で大也から手品を見せてもらった祥子は、気持ちが弾んでいた。

その勢いで、家に帰って今日自分で決めてきた就職先を父に報告した。

言いそびれるのはまずいと思ったし、吉良叔父さんからは、きちんと父に話しておくようにと帰る前に、釘を刺された手前もある。

祥子は、タクシーの運転整備を終え夕方食事に帰って来た父に、早速今日あった出来事を報告した。

「人力社中で働くだと！」

吉良社長の会社人力社中で娘が人力車を引くと聞いた途端、父の声が変わり、はっきりと感情的に昂ぶった様子が祥子に伝わって来た。

「はい……」

父の怒りに圧されて、祥子の声が自然小さくなっていく。

母はキッチンで夕食の支度をしているが、父の声の大きさとしゃべり方でその場の状況は全部伝わっていると思われた。

「もう決めて来ただって、祥子お前は一体何をやってるんだ」

「お父さん怒らないで聞いて。私も大人なんだから、自分の事は自分で考えて決めさせてください」

「仕事を探すのはいい。自分で将来を考えるのも大切な事だ。しかしだ、選りによって吉良のとこの厄介になるなんて、何でそんな事考えたんだ。父さんは同業者として吉良さんには特に遺恨はない。そこは祥子だってわかってると思う」

「はい」

「しかしだな、祥子の今日の行動は私のところが経営不振で人力車の運行をタクシーに切り替えたその当てつけとしか思えないじゃないか。そんなことになったら、ご近所にだってうちの体面が悪いったらない」

「吉良おじさんとこで働かせてもらうのが、どうして対面が悪いのよ。お父さん私がこれから頑張って働くのに、そんないい方しないで」

居間での2人の話す声がどんどん大きくなってくるので、母が堪らずキッチンでの料理の手を止めて、手を拭きながら2人の仲裁に現れた。

「お父さん、もう少し冷静になって。祥子、お前も事前に一言お父さんに相談していれば、もっと穏便に就職の話は相談出来たんじゃなくて」

「だって、反対されるような気がしてたんだもの……私人力車引きたいだなんて、言える雰囲気じゃなかったし」

「お父さん、祥子もそう言っていることだし、ここは穏やかに」

「どう言ってるって言うんだ。母さん、これぱっかりは私は納得できないよ」

「まあまあ、そこは落ち着いて」

「どう落ち着けって言うんだ」

父は憤りを隠せない風に、下を向いて拳を握り締めて声を荒げるのを我慢している。

母も話のまとめ方がそれでは大雑把過ぎると聞いてる祥子にも思われた。

「母さん、私この家出ていこうかな」

祥子が肩で大きくため息をついた。

父との会話を半ばあきらめたような言い方で、母に同意を求めてきた。

「祥子、お父さんの怒ってるのは今だけだから、とにかく落ち着いて。祥子まで感情的になったら収拾が付かないでしょ」

母は祥子に向かって会話を諦めるなと言いたいのだろう。

「今だけじゃない」

と父がすかさず母の言葉を否定する。

「そうじゃなくて、母さん、私も大学まで出させてもらったんだから、これから大人として自分の責任で生活してみるいいタイミングなんじゃないかなって」

祥子は母には自分が感情に任せて、家を飛び出して行くわけじゃない事を、わかってほしかった。それで、もう一度自分の気持ちを説明し直そうとした。

「そうかも知れないけど、祥子がせっかく京都から帰って来たのに、またすぐいなくなっちゃうなんて、お母さんとっても寂しいよ」

これは母さんの本音なんだと祥子は感じた。

「お母さん、ごめん。そんな遠くに行くわけじゃないから。それに家には、マメに顔出すから」

祥子は母に対し、わかってと眉をしかめ、両手を合わせる仕草をした。

「少しの間だけなら、お母さん我慢するよ」

母は祥子が京都に行っていなかった4年間、相当に寂しかったのだろう。またすぐ家を出て行くという事の方が、就職よりよほど堪えているようだ。

「家出るにしても、なるべくこの近くに住む所探します」

祥子は何とか母を安心させようと思い、そう言った。

「そうかい」

母は祥子の言葉に納得した様に頷いて見せた。

「それよりお父さんの事お願いします。私じゃお父さんの事助けられないから」

祥子は母に小声でそう伝えた。

「バカ言ってんじゃない。娘に心配させるほどボケちゃいない」

すかさず父が祥子の言葉に突っ込む。

「生意気言って。それより祥子、どこに住むかこれから探すのかい？」

「そうなるけど、当てがないわけじゃない」

「決めたら、早くお母さんには教えて頂戴。もちろんお父さんにも内緒に出来ませんからね」

父はその母の言葉に無表情で正面を向いて、腕を組んで座ったままで聞いていた。

「わかってる。きちんと伝えます」

祥子は母に向かってそう伝えた。

「そう、それならお母さんは家を出るのを認めるしかないようね」

父の前で、母がこう言ってくれると、父との口論はここで終わりに出来そうだ。祥子は母に助けられたと思った。

「ありがとう、お母さん。自分の生活費はきちんと稼いで迷惑かけないようにします。少しずつでも家に仕送りも入れます」

「そんなのはいいから、自分のめんどうだけはきちんとするように。他人に迷惑だけは掛けちゃいけませんよ」

いつもの母の口癖に戻った。それでも祥子はその言葉にもきちんと答えるようにしている。

「それもわかってます。京都にいた時だってきちんとできたんだから、これからだって大丈夫です」

そう答えた祥子の気持ちは、ほとんど固まっていた。

大也のやっているシェアハウスの物件、二階の六畳一間で３５０００円と聞いた。しかも祥子の実家から、歩いて10分と言う好条件だ。心配性の母も安心だろうと思えた。

これだけの好条件が揃っている物件なら他を探すこともないだろう。

それに大也の言う国際交流というのにも、興味があった。住んでいる人達に会ってみて、よっぽど気風が合わないようだったら、新しくアパートを探せばいい。何事も一歩踏み出さないと始まらないというのが最近の祥子の考え方になってきている。

何といっても場所は近いし、心配だったら見に来てもらえば　そこまで考えて祥子は、まだ大也のシェアハウスの物件すら見てもいないことに気付いた。

それじゃあ無論、そこに決定と言うわけにはいかないが、それでもかなり気持ちが傾いている。

翌日、満開宣言はまだ出ていなかったとはいえ、例年にない早さで桜前線が東京に到達しそうだったためか、浅草は平日にもかかわらず、すでに観光客で溢れていた。

人力車にとっては、まさに稼ぎ時という訳だ。

人力社中の車置き場で、祥子は自分用に用意された車の座席を掃除し、ボディを丁寧に磨き上げていた。単にきれいになるだけじゃなく、そうすることで、車に気持ちがこもる感じがする。それが大事なんだと思ったのだ。

「そろそろ出るよ。祥子ちゃん」

藤原がそう言って、車を引きながら祥子の隣に来た。

「はーい、私の方も、もうすぐ出発前点検完了です」

「それでは、出掛ける前にもう一度、復習練習しよう。車屋はトークが命だから。話が面白くない車屋は最悪です。何を話すか必死に思い出してるようでは、周りに目がいかなくなってしまうからね。あと、人力車は車道を走るから、自転車や対向車とかにも気を配ること。なおかつ、スラスラと楽しい話が次々に、出てこないといけないよ」

「ハイ！」

「雷門の横の車留めが通常、我々のスタート地点になる。各社の車が出入りしているが、基本は、本部のオペレーターから予約の指示が入っていない場合は、客待ちの列に並んで待つ。いいね」

「はい」

「会社から予約が入ったら、予約待ちのコーナーに移動、または予約者を拾いに浅草駅前に車を動かす。祥子ちゃんは初心者だから、コースは浅草寺近辺の周回コースを予約したお客さんが本部から割り当てられる。コースはもう覚えたね？」

「はい、ショートコース上にある観光名所、浅草寺や五重塔、時の鐘、二天門、伝法院、ホッピー通り、六区通り、一通りの知識は覚えました」

「よし、それじゃあ質問。浅草寺のおみくじは凶が多いと言われますが、本当は？」

「はい、他の神社では最近参拝客の人気とかも考えて、凶の数を減らしたり、凶を入れないおみくじを作ったりしているところが多いのですが、浅草寺はそう言った小細工は一切していません。伝統を守ったそのおみくじでは、凶を引く確率は30パーセントはあるのです」

「そう、続けて」

「30パーセントといえばかなり凶を引きそうですが、凶を引いても慌てることはありません。運勢の波は、悪くなれば、その次は必ずよくなっていくのです。凶を過ぎればその先には吉、大吉が待っています。凶を引いた時も決して絶望したりしないで、これから上がって行く運勢の波に乗っていきましょう。楽しみじゃあないですか。と、どうですかね、こんな感じで？」

そう話し終わって、祥子は藤原の方を見た。

「うん、分かり易い、だいたい合格だ。おみくじを引く参拝客の中で、凶を嫌がる人は意外に多いからね。でも、逆に大吉だからといって慢心してもいけない。運勢は波だからね。そういった意味を伝えていかないと、浅草寺のおみくじのよさは伝わらない。けどまあ、その感じで行こう」

「はい、自信持っていきます」

そう言い終わって、祥子は昨日から気になっていた事を藤原に聞いてみた。

「私、大学は出てますが、英語のヒアリングが苦手なんですけど、大丈夫ですかね？」

「本部のオペレーターは英語解説希望の予約客は、事前に話せる人に振り分けてくれるから、祥子ちゃんが間違って、英語解説希望のお客乗せたりしなければ大丈夫」

「わかりました」

そんな会話を交わした後、藤原は祥子をおいて先に雷門に向かって行った。

祥子は彼に遅れる事、5分ほどして会社の車庫から、元気よく出発して雷門に向かって行った。

午前中に代表的な場所は一巡できた。その後昼を食べて、次は坂の多い上野のお山方面に向かった。午前中に続いての坂の上り下りは人力車を引くのが初めての祥子にとってはさすがにきつい工程になって来た。

だんだんと足が重たくなってくるのがわかる。

それに比べて、100キロの重りを座席に乗せて先行している藤原は、息使いが全く乱れる様子がない。祥子は感心した。さすがと言えよう。

「大体いい感じだね。明日からは一人で出してみよう。」

「もうですか？」

「大丈夫だって、地元っ子なんでしょう。この辺りには土地勘もありそうだし、わからなかったり、困った時は、携帯でいつでも聞いていいからね」

「はい、それじゃあ明日から頑張ってやってみます」

藤原に出来ると言われたら、やるしかないと祥子は腹をくくった。何日も練習で付いて歩いてもらうわけにはいかないのだ。

「今日からいよいよ実践だよ……。ドキドキするなぁ」

浅草駅の交番の隣に車を止めて、信号待ちをして神谷バーの方角に目を凝らした。

神谷バーの前は、いつものように客待ちの人力車の列で一杯になっている。

初日なので少し離れたところで先輩達のお客対応の様子を見ていようかと思ったが、そんなことして道路際に佇んでいるところで、もし観光客から乗せてほしいと声がかかり、乗せてしまったら、そこを人力車組合の先輩の誰かに見られたら、所定の待合所で客待ちの順番を守れと怒られてしまうだろう。

少なくても組合の規定は順守しろと、昨日最初に藤原先輩に教えられていた。

そこでその場所に長く立ち止まらないようにして、駅前を離れ、商店街の方向に迂回して進んで、浅草寺に向かってゆっくりと車を引いて行くと、数百メートルも進まないうちに背後から声がかかって祥子は呼び止められた。

見ると少し太ったメガネをかけた髭を蓄えた外国人男性の観光客だ。

大きなカメラを首から下げて、旅行バッグを持っている。祥子の見るところバッグの中身は観光土産で一杯になってるのではと思われた。

祥子は彼の身振り手振りから想像するにどうやら浅草寺に行ってほしいと言われてい

るようだ。

彼の言葉は英語のようなのだがしゃべってる内容が、祥子にはほとんどわからない。

彼は笑顔で女性の車引きに初めて会ったとか、今ここで自分は乗せてもらえるのかとか、矢継ぎ早に祥子に話しかけているように感じられるのだが、英語だとその話の内容も単語からほんの少しわかる程度で、意味のはっきりした確信はまるでない。

こんなことなら英会話の授業をもっと一生懸命受けておくのだったと後悔したが、いまさらそんなことを言っても仕方がない。

祥子は高校で習った英話の授業程度のヒアリング力しか持っていないし、実際に外国人と話した経験はない。

ゆっくり話してもらわないと少しも聞き取れない。車を引いてほとんど両手が塞がっている状態では、身振り手振りもできず、祥子は彼に意志を伝える術がない。

それでも彼は祥子が車夫になって記念すべき初めてのお客様なので、彼女としては乗車を断るなんて絶対あり得ないことだ。

その外国人は思いついたように、カバンから縦長の旅行パンフを出して、浅草寺を○で囲って見せた。間違いない、これで行き先はわかった。

「わかりました！」

そう言って、祥子は彼を人力車の二人乗りの座席に誘導し、座った彼の横に荷物を置かせ、昨日教えられた通りに、ひざ掛けを彼のひざにかけてあげた。

彼は落ち着いたようで、にっこり笑ってその状態が気に入った感じで嬉しそうだ。

浅草寺までの道順はゆっくり走っても今いる場所からなら10分とかからない距離だ。多くのお客さんは雷門前で記念写真を撮り、続けて浅草近辺の観光地を巡る道順を取るそうだ。観光スポットでシャッターを押してあげるのも、自分達の重要な仕事の一部だと祥子は昨日、藤原先輩に教えられた。

浅草寺の前に行ったら、そこで彼に「写真を撮りましょうか?」とジェスチャーで聞いてみよう、祥子はそう決めていた。

人力車は車道を進む。

そのため、参道の参拝客が歩道に溢れて動けない時にも、人力車は車道の隅をスムーズに進んでいくことが出来る。

その代り、信号の渋滞とかに引っかかると動けなくなることも多い。その日は花見客の車の列で雷門の2つ手前の信号は、一時的に車道が全車線一杯になる渋滞が起っていた。

祥子は慎重に根気よく人力車を進ませるために、そこで一旦立ち止まり、左右を見回した。

すぐ横の歩道に、何やら人だかりが出来ている。

首を左右に振って、人だかりの間から中を覗き見ると、彼らは大道芸の見物客の様だ。

誰がやっているのだろうか？

大道芸人にも、上手い下手、人気のあるなしがあって、目の前に人が群がっている大道芸人は人気のある方だ。人によっては、演じているのが浅草の人が集まりやすい場所でも、ほとんど人が立ち止まらない場合もある。

そうした例も多いので、祥子はその人の群れの芸人が誰なのか気になった。むろん仕事中なので、ちょっと見られればいい程度の興味の持ち方なのだが。

その時、乗せていたお客が急に何やら祥子に話しかけてきた。例によって彼の言っていることは祥子には10パーセントも伝わらない。

声のトーンから緊急性があるように感じられた。

さて困ったと思ったのだが、祥子は彼の身振り手振りから推察するしかないようだ。

彼の表情は眉間にしわを寄せ、祥子の方を向いて何やら気まずそうだ。左の歩道の方をしきりに指さしている。歩道には大道芸人がいて、商店街の店舗はコンビニとうどん屋が並んでいる。

もしかして彼は大道芸を見たいと言っているのだろうか？

人力車に乗って優雅に浅草を観光中に、果たしてそんなことを言うだろうか？　祥子はそれは違うだろうなと思った。

それとも行き先の変更を言いたいのか？　それもどうなのだろうか。ここからは浅草寺はもう目と鼻の先なのだ。

どうしたらいいのか焦ってしまった祥子は、余計に彼の気持ちが読み取れない。

そんな時、大道芸人を囲んでいる人の輪の中からピエロの格好をした若者が、人波を掻き分けて姿を現した。彼が人気の大道芸人なのだろう。

両手にステッキを持っている。これを器用に操って何かを空中に飛ばすパフォーマンスを演じていたのだろう。

「祥子ちゃん」

そのピエロは、何と祥子の名前を呼んだのだ。

「どなた様ですか？」

祥子は慌てた。彼女にはピエロの知り合いなどいない。ましてや芸の最中に中断して声をかけてくるほどの親密なピエロには覚えがない。

「僕だよ、大也だよ」

「あれ、宴君。妙なところでお会いしますよね。今日は大道芸の日だったんですね」

祥子は飛び出してきたピエロが大也だと知って、驚いたが同時にほっとした。知らないピエロだったらこの後、どうなる事かと思ったのだ。その展開は想像もつかない。最も知らないピエロが自分に向かって飛び出して来て、話しかけるのはあり得ない話だが。

大也は流暢な英語で人力車に乗っている外国人に素早く話しかけ、彼のひざ掛けを外して、手を差し伸べて人力車の真赤なシートから彼を下ろしてあげた。外国人の男は大也に向かって「サンキュウ」とか言いながら、コンビニに小走りに向かって行った。

祥子は何のことかわからずに、それをボヤっと見ている。

大道芸を見ていた観客達も全員、何が起こったのかとこちらを注目している。観客によってはそれすらも芸の続きと思っている者もいるようだ。

「皆さん、すぐ戻ります。どうかそのままで」

大也は、大きく両手を振り上げて、そう観客達に声をかけた。それから祥子の方を向いた。

「彼はコンビニのトイレに行きたかったんだ」

「ああ、それで……」

「丁度コンビニの手前で渋滞になって車が動かなくなって、でも浅草寺までお腹の調子が持ちそうにない。祥子が若くて美しい女性なんで、トイレに行きたいとストレートに言い辛くて、しどろもどろになっていたんだ」

祥子は大也の口からの、自分の事を美しいといった一言を聞き逃さなかった。

「なるほど、それで……」

やっと祥子は事態が飲み込めた。と、同時に美しい女性と言われて少しニヤけてしまう。

彼は一生懸命祥子に向かってコンビニの方を指さして、降ろして欲しいと頼んでいたのに一向に祥子にそれが伝わらない。車道なんで彼は勝手に降りる事も出来なかったのだ。

「それならそれで、私にもわかるように『トイレ、トイレ』とか、はっきり言ってくれればよかったのに、回りくどく言うから……」

「まあ、無事に収まったみたいだからいいじゃない。じゃあ僕は仕事に戻るね。観客を待たせてしまったし」

「あ、どうもありがとう。助かりました」

「祥子ちゃんも、もう少し、英語をわかるようにしないとダメですね」

「すっ、すみません」

祥子は大也に迷惑をかけてしまった事を反省して、ぺこぺこと頭を下げた。

「そうだ。時間がある時に、僕がスピーキング教えようか」

「ほんと？　是非、お願いします！」

「それじゃ、時間のある時にね」

大也はそう言ってしまった後に、上を向いて考える様な素振りをした。

「何、その思わせぶりな言い方、ちょっと意地悪ね」と祥子は思った。

ガードレールを跨いで観客の中に戻って行こうとしている大也に向かって、祥子は思い出したように声をかけた。

「あ、そうだ、宴君。昨日聞いたあなたのところのシェアハウスのお話なんだけど、今週見に行ってもいいかしら？」

その言葉に大也が振り返って祥子を見た。

「明日なら僕はお休みだから、午後の一時くらいにでも来てもらって構わないよ」

「ホント？　それじゃあ、明日お伺いします」

「じゃあ」

そう言ってピエロは観客の中に消えていった。

今日も流星作るのかな、と祥子は考えたがあのトリックは夜しかできないから、大道芸向きじゃないかもと思い返した。

祥子は、もう同じ過ちは二度としないと心に誓って、雷門の前に車を引いて戻った。何しろ今日は、自分は運転初日なんだから、気負ってばかりいないでここでオペレーターの指示を待って、ショートコースのお客さんを乗せて繰り返し回ることで、経験を積むことが必要、祥子はそう感じていた。

お客さんを乗せるといっても、小さい頃から育った地元のコースを回るだけなんだから、緊張する必要は何もないんだと心に繰り返し言い聞かせていた。

それから数分してオペレーターから祥子の携帯に予約客の指定が入った。

アメリカ人の若いカップルで、後数分に雷門の前に着くということだ。

祥子は携帯を切って、車留めからほんの少し前進し、それらしいカップルを目で探した。するとと祥子の方に向かってくる外国人の若い男女をすぐに見付けられた。

「人力社中です。マーカスさんですか？」

そう言って祥子は二人に笑顔で呼びかけた。

「はい、予約を入れたマーカスです」

「どうぞ、こちらからお乗りください」

そう言って祥子は、車を止めて、マニュアル通りに二人を乗せて、ひざ掛けを二人のひざにかけた。

「それでは浅草寺コース出発します。お客さん、どこでも記念写真を撮りたいスポットがあればお声がけください。すぐに車を停めてシャッターを切らせていただきます。遠慮なく言ってください」

「分かりました。記念写真よろしくお願いします」

マーカスは明るい声でそう答えた。日本が好きでよく観光に来ているタイプかなと祥子は思った。

「朱塗りの仁王門の背後には高さ4・5メートル、幅1・5メートル、そして使われた藁は2・5トンと言われています大わらじが吊るされています。さて、このわらじは何のために吊るされているのかと言いますと、江戸の街にやって来る魔物達がここに吊るされているわらじを見て、『さてもこんな大きなわらじを履く仁王様がこの寺を守っているとしたら、とてもかなわん』そう言ってここから逃げて行くことを狙って吊るしてあると言われています」

祥子はそう言って、仁王門の説明をして、それを聞いている二人のお客の反応を見た。

祥子の話にいちいち頷いて、周囲の風景を興味深そうに眺めている。

　これはいい反応だ、と祥子は思った。

「浅草寺の七不思議というのがあります。その第一に挙げられるのが浅草寺の御本尊は秘仏であるという事です。普通お寺の御本尊はめったに見ることは出来ないものなのですが、一年のうちに一定期間、開帳と言って、人々の目に触れる機会があるものです。それがなぜか浅草寺の御本尊は寺で働く者でさえ見ることが出来ない秘仏なのです。たった一度だけ人の目に触れたことがありました。明治維新の後、神仏分離令が発令され、それの検分で明治政府の役人が浅草寺にやって来た時のことです。役人は御本尊を見せろと住職達に迫りました。僧達は必死に抵抗しましたが、仕方なく御本尊を見せることになったのです。御本尊を検分した三人の役人は、そのスケッチを残した後、三人ともその日から一年以内に亡くなってしまいました。不思議で怖いお話です」

　祥子はそう話した後、また二人の反応を見る。

　彼女の話に興味を持ってくれているのが伝わって来る。

　祥子は二人に向かって微笑みかけた。二人も祥子に微笑み返してくれた。

　するとマーカスが祥子に、質問を投げかけて来た。

「ネットで見たんですけど、浅草寺の本堂から五重塔に向けて秘密の地下道が通っているというのは、本当ですか？」

祥子は、『秘密の』なんてちょっと大袈裟な言い方に、少し笑いを堪えている。

特に車屋のマニュアルには書かれていないが、浅草に古くから住んでる人なら、ほとんどが知ってる話だ。

「はい、浅草寺は地下通路で雷門、仲見世、仁王門、本堂、五重塔と繋がっていると言われています。地下には寺に勤める住職達の部屋や倉庫もあり、参拝で境内が足の踏み場もないほどに混雑する時は、その通路を使って住職が寺を移動します」

「そうなんですか、地下通路が本当にあったなんて、車屋さんに聞いてみてよかったです。ミステリアスですね」

「そうですね」

そう答えた祥子だが、通路の存在は以前から知っていたし、使い方も極めて実用的なので浅草っ子にとってそれがミステリアスな対象ではないと思った。

マーカスが続けて質問する。

「この浅草寺から、同じ宗派の上野の寛永寺まで地下道が続いていると聞いたのですが、それは本当ですか？」

祥子もその噂を聞いたことはあった。

それは難しいと思ったことを覚えている。何故ならここから寛永寺は遠すぎるのだ。

「それはどうでしょうか？　浅草と上野では距離も長いですし、高低差がずいぶんあります。仮に浅草から上野まで地下道を歩くとすると五階建てのビルの階段くらいは優に上がらないといけません。また、途中にはつくばエクスプレスのトンネルや、いくつかの地下施設があります。これを避けてトンネルで結ぶのは容易じゃないでしょうね」

そう祥子は答えた。ちょっと夢はないけど一般的な答えだと思った。

「おおっ僕は閉所恐怖症だから、その長い距離を狭い通路で移動するのは、とても耐えられそうにありません」

マーカスはそう言って両手で自分の顔を押さえた。

「浅草寺の七不思議の一つに五重塔の猿面の鬼瓦があります。地上からは少し見え辛い位置にありますが、普通の鬼瓦の中に在って一枚だけが鬼猿の顔なのです。猿は「申」に通じて西南西を示すと言われています。それが邪気を払う役目になっていると言われています」

車を走らせながら祥子は二人にそう解説した。マニュアルにはこう書かれていたのだが、この解説には祥子自身少し疑問があった。

鬼瓦は元々邪気を遠ざけるための物だ。

それならこの一枚の鬼瓦にだけに描かれたのは、本当に猿なんだろうか？　という素朴な疑問だ。猿に邪気祓いをさせるというのは、祥子は聞いたことがなかった。

祥子は改めて思った。

御本尊にしろ、猿瓦にしろ、地下道にしろ浅草寺に絡む不思議は、確かに謎めいたものがたくさんあると。

そんな説明を続けるうちにショートコースはすぐに終点の雷門に戻って来た。30分の行程は話しているとあっという間に過ぎてしまう。

今度は上手く出来たと祥子は思った。

人力車を降りて、祥子は二人の記念写真を撮った。マーカス達も嬉しそうに祥子に挨拶をして、仲見世通り方面に歩いて行った。

浅草寺と寛永寺の地下に地下道がある。祥子はその話がずいぶん以前に政府の高官が逃げる時用に掘ったという、地下道のうわさと重なり合ってミステリーを作り上げているような気がした。

# 第三章　大也のシェアハウス

翌日祥子は、大也に教えてもらった住所に向かった。

同じ花川戸の町内のことなので、住所を聞いた時に、彼女はすぐにそれがどの区画の建物かおおよその当たりは付いていた。

祥子が頭に浮かべた建物と、それはやっぱり同一だった。

花川戸には、木造二階建ての古びた長屋や家屋が立ち並んでいる一帯がある。

そこに世代交代が起こった場合、建て直された家屋はほとんど例外なく三階建て以上の鉄筋ビルに建て直されている。以前の景色が次第に消えていっているのだ。

そんな中で大也の示したシェアハウスは大正モダンなクリーム色の外観を残す洋館で、周囲に異彩を放っている。

外観からまず大正時代を表す特徴は二階の手すりだ。綺麗に凹凸がデザインされた板が細かく並んでベランダを囲んでいる。窓はスライド式の上げ下げ窓で、2枚のガラスをスライドして開閉する様式だ。その窓の上にはファンライト（扇窓）という半円形のアーチ状の窓が付いている。この窓は弦月窓（ルネット）という呼び名もある。

外壁は板張りだが、下見板張りと呼ばれる板材を横に使いそれぞれの板材を少し羽重(はがさ)ねて張る造りになっている。空気が通るため腐食に強い構造だ。

そんな洋館は神戸とかに多いが、この近辺では、ここにしかない。

祥子は中学校の頃から、その前を通る度に、そこの住人はどんな人なのか気になっていた。

町内会の寄り合いには顔を出したことのない家族なのだろうか。

聞いてみるとお爺ちゃんはその家に以前住んでいた家族を知っていた。

その家族はかなり以前に海外に仕事の関係で転居してしまい、その後洋館は空き家になっているという話だった。

祥子が大也から聞いた話と符合する。

その洋館が外観だけでなく内装まできれいに手入れされているのは、日本に管理を任せた誰かがいるのだろうとお爺ちゃんは話していた。

祥子はそんなことをお爺ちゃんと話してから、その洋館の話題が家族の間で会話に上ることがなかったので、久しく忘れてしまっていた。

「ここか」

大也の洋館の前に立った時、祥子は何か既視感のようなものを感じた。

それが何なのかは、彼女はその時は何も思い当たらなかったし、思い出せなかった。

「あれ？」

門柱の上に猫が一匹ちょこんと座っている。

トラジマの和猫だ。3歳くらいになるのだろうか。トラ猫は成長するのが早く、半年もすると大きく育つ。成猫と遠目には見分けがつかない。

しかし、祥子とトラジマは真近にご対面したので、その子の毛並みがまだ若く、顔つきが幼い感じがよくわかった。

祥子がそこに立つと、トラ猫はじっと祥子の顔を見詰め、目を細めてにゃあと鳴いて、大きくあくびをして見せた。

祥子はその子が何が言いたいのかは分からなかったが、どうやら自分がその子から警戒されていないことは伝わってきた。

「こんにちは、宴君はいますかね？」

祥子は一応門柱の上に座り込んでいるトラジマに、まずはお伺いをたててみた。

「にゃあ」

祥子が訪ねても相手が猫なんで、一向にらちが明かない。

そのやり取りは楽しかったが、そのまま門前に立って待っている訳にもいかないと思い直し、門柱にある呼び鈴を軽く一度押してみた。

　呼び鈴の下に猛犬注意の表示が張られている。邸内を覗き込んで見たが、猛犬がいる様子はない。ポストには「ようこそシェアハウス花川戸」の文字が見える。それだけでここに住んでいる住人の名前は一人も書かれていない。

　こんなんで、手紙は、きちんと着くのだろうか？

「宴」という表札はポストのすぐ上にピンクの八角形の板に一文字大きく彫り込まれている。デザインがきれいすぎて、一見して表札というより何かの店のレトロな看板にしか見えない。

　門の外から祥子が背伸びして更に奥の玄関の辺りを覗き込むと、ドアの周りは雑草が生え放題になっているのがわかった。

　以前お爺ちゃんが言っていたこのお屋敷の管理人さんは、もう本来の住人がここに戻って来たので、管理は辞めてしまったのだろうか。

　人が住んでいる方が管理が悪いのは、考えもんだと思った。

　ドアノブに「元気です」と黄色の地に黒で書かれた独居老人のための安全表札がかけっぱなしになっている。しかしそれはここだけではない。

　それは花川戸だけでなく、浅草の町内会に撒かれているお馴染みの表札だ。地区によってデザインが違う。

下町の個人宅によく見られる植木を家の周りに並べて置く習慣は、このシェアハウスでも健在のようだ。小さな鉢植えのパンジーやら、盆栽やらが洋館の軒下に雑然と並べられている。

ちなみに祥子の住んでいる大鳥居家の周りにも植木鉢が所狭しと並べられている。母が祭りに行ったり、近所の花屋に榊や仏壇に供える菊などを買いに行くついでに、一つ二つと買い、鉢植えが増えていったものだ。

購入した初年度はパンジーなどは綺麗な花を付けているが、そのままにしておくので、翌年からは花もつけず、何の鉢植えかわからなくなってしまっている物も多い。

その時、祥子は何かの視線を感じた。

狸とか住みついてるのかな？　と祥子は思った。

そういえば京都に住んでいた時、アパートの庭に狸が来ていた。下水の排水溝の開いている所から現れて、住宅街を歩きまわっていた。

その狸と何とか仲良くなろうとペットショップで購入してきたエサをやったりしていたものだ。

最初は主に中型犬用エサを買った。あまり評判はよくなかったようで半分くらい残している時もあった。

その後あれこれ与えてみたが、雑食だったのでお肉や魚類が好物だったのはわかってきた。狸はエサを置いておくと、素早くそれを咥えてどこかに持ち去っているようなのだ。下水溝の中に戻って行く。たぶん巣穴に子供がいてそこに運んでいたのだろう。

エサは綺麗に持ち去るが、祥子に懐いて触らせてくれたり、近寄ってきたりもしてくれなかった。祥子の姿が庭に見えると決して姿を現さない。最も野生の狸だ。不用意に手を出したりしたら咬まれることだってあるだろう。

祥子は狸の餌場を自分の部屋の窓から見える軒下にずらし、部屋の中から毎日その姿を眺めていた。暗かったけどガラス越しに写真にも撮った。

その狸は祥子が部屋を引き払う2日前に、一度だけ子供達を連れて祥子が住んでいるアパートに現れた。大きく育った子供達のお披露目と、祥子とのお別れに来てくれたんだろうか。

祥子はその時狸のお母さんが彼女に心を開いて、子供達を見せてくれたんだと感じ、とても嬉しかった。

出来れば、一匹捕まえて飼いたいと思うくらい可愛い子狸達だったのだ。

一瞬、そんな狸の顔を思い出した。

彼らと似た気配……。

その気配は目の前のクリーム色の洋館の屋根の部分ドーマー窓と呼ばれる明り取りの三角窓の辺りからだった。

あそこに何かいるな、祥子はそう思った。

「門の前で待ってても、誰も出てこないよ」

祥子の後ろから、背の高い無精髭を生やした男性が彼女に声を掛けた。

祥子は驚いて後ろを振り返る。

作業着のボンタンを履き、工務店の上着を羽織っている。どこかの土木系の作業員の方ようだ。両手にコンビニのビニール袋を提げている。ビニール袋から弁当とかカップ麺とかが飛び出して見えている。生活用品全てをコンビニで賄っているタイプなのか。

「あっそうなんですか」

「だって、その呼び鈴ずっと前から壊れてるもん」

「壊れたままなんですか？　皆さん不便しませんか？」

「うん、特に誰も気にしてないし。あんた誰に用事？」

「私は、宴大也君に……」

「大也か。彼なら中かにいるんじゃねぇ？　それにしても彼はいるかいないかわかんないんだよね」

家の中に、共同で住んでいて、住人が中にいるかいないかわからないってどういう事なんだろうかと祥子は思った。

彼って一旦寝るとそう簡単には起きないタイプとかなんだろうか？

「ここで待ってても何も起きないし誰も来ないから、中に入る？」

彼はそう言って、祥子の方をチラッと覗き見た。

「はい、お邪魔します」

少し躊躇(ためら)いがちに祥子は答えた。

その時、祥子は一瞬自分達の方を見ている視線を感じた。

これは動物ではなく人間だ。しかし祥子は振り返ることなく、その視線には気付かぬふりをしてそのままガテン系の後を付いて行った。

彼の後に続いて門の抜け、数メートル先のファンライトにステンドグラスで装飾された玄関の開き戸を開けて、中に入った。

玄関の土間には、このシェアハウスの住人達のものと思われる靴が雑然と脱ぎ捨てられて置かれていた。それを見てガテン系は「大也はいないみたいだなぁ。だって靴がないもん」と言った。

「そうですか」

今日お邪魔する時間も昨日しっかり決めたのに、どうしたんだろう、忘れられちゃったのかなと思い、その場で祥子は固まってしまった。

その途端、二人が立っている玄関の、すぐ後ろから明るい大也の声が聞こえた。

「やあ、祥子ちゃん、いらっしゃい。シェアハウス花川戸にようこそ。欣也（きんや）さんお帰りなさい」

「ふーん、ほれ見ろ。いないと思ったらいるんだ。そんな奴だよ」

そう言ってガテン系は自分の役目が終わったと言わんばかりに、玄関で靴を脱いで、廊下を歩いて行こうとした。

慌ててその後ろ姿に、祥子は声をかける。

まだ彼に、お礼も言っていなかったことを思い出したからだ。

「ありがとうございます。私、大鳥居祥子です。すみません、あのお名前は？」

「俺かい、丸目（まるめ）欣也」

「宜しくお願いします」

そう言ってお辞儀した。自分でそう言ってからなんか、もうここに越してくることが前提の挨拶みたいだと祥子は思った。

「こちらこそ」

彼は特に改めて祥子の方を振り返りもせず、そう言うとそのまま廊下を奥に向かって進んで行った。奥の階段から二階に上がって自室に戻るんだろう。

「彼はこのシェアハウスの住人。日系ブラジル人で、名はベルナルド、彼の部屋は二階にある。仕事はスカイツリーの窓拭きと清掃だったっけ」

大也が欣也の事を手短に説明してくれた。

「スカイツリーの、ですか？」

祥子は一瞬自分がスカイツリーの展望台の外側にいたらと想像して気が遠くなった。そんな場所にいるなんて、有り得ないと思ったのだ。

でもあんな高所でも誰かが窓を拭いているのだろう。外側も汚れるだろうし。今まではロボットか何かの清掃機器だろうと勝手に想像していたが、やはり人間がやっていたんだ。

「そう体鍛えてないと、バランス崩したり風で持っていかれそうになるって、彼言ってた」

「ふあーそれは高所恐怖症の人には耐えられないですね」

「君はそうなの？」

「遊園地のジェットコースターとか大好きですけど、そんなのと比べたらスカイツリーはけた違いに高いですし」

「僕も苦手、彼はスカイツリー展望台は見晴らしいいから、外に出て窓拭くの気に入ってるみたいよ」

「はあ、普通の方に見えましたが実は、凄い方だったんですね」

「日本で一番高い場所の清掃員だからね。東京アオゾラそうじとか呼ばれててさ、確か展望台は二つあってその一つは、地上350メートが天望デッキで、ここはカフェとかお土産物ショップがあるところ。その更に上は、スカイツリー天望回廊って名前が付いてる。ここにはガラス張りの床があって、下が見えるんだ」

「行かない、そこには私、行きません」

「ま、そこの窓を外から拭くんだ彼は」

「考えただけで、足がすくんできちゃいました。その話もういいです」

「ま、ま、祥子ちゃん、どうぞ上がってください。この先が中央広間でみんなが居間として使ってる部屋なんだ。今いる場所がエントランスで、そこからテラスにも出られます。天気のいい時はテラスでランチするのもいいもんですよ」

　そう言って大也は、中に入るよう祥子を促した。

「宴君って何歳なんですか？　私とあまりかわらないように見えるけど……。ちなみに私は二十二歳です」

「僕は二十四歳。でも大也って構わないよ。みんなそう言うから」

祥子はそれまで同じ年ぐらいだろうと思ってので、大也が年上だと知って驚いてしまった。

「はい、わかりました」

祥子は靴を脱いで、エントランスを横切り、まず大也の言っている中庭を窓越しに覗いてみた。

そこには白いテーブルと椅子が二脚置かれている。

ベンツは木製で日当たりの場所に南向きに置かれている。日向ぼっこして昼寝には丁度いいのかも知れない。

そのベンチの上にトラ猫が丸まっている。さっきまで門柱にいた猫と同じ模様だ。同じ柄のトラ猫が二匹いないとすれば、素早く庭に回り込んで、お気に入りの場所をキープしたんだろう。

「中央の花壇には、隠れて見えないけど、実は小さな噴水もあるんだ。中央に女神像の彫刻があって、抱えている壺から水がでるんだ」

噴水と言われて、祥子は庭先の木製の小さな柵で囲まれた場所を目を凝らして見つめてみたが1メートルを優に越す雑草の群れが、茂みのように伸び放題になっていて、何があるのか分からない。

「全く見えませんが、女神様」

「背の高い雑草に覆われて、ここ半年彼女は行方不明だ」

まだ4月なので昨年の夏は一切この庭は手入れをしていなかったのだろう。

その間、雑草が伸び放題になっていたのだ。雑草の癖に背の高いものは、幹が太くて樹木の様に堂々と茂っている。そこから新芽や新しい枝が、次々に伸び始めている
「手入れしましょうよ、元はとっても手入れの行き届いた庭園みたいだし」

「そうだね、以前10月くらいに草むらから人の気配がして、僕は何がいるのか物干し竿で草が生え茂ってる辺りを突いてみたら、草むらの奥に小さなビニールハウス作って、住んでる人がいてさぁ。びっくりしたんだ」

「それって誰？　もしかして浮浪者ですか？」

「そうかも、それにしても僕の気が付かない間に、ビニールシートとダンボールでそんな秘密基地を作り上げるなんて、ほんとそいつは隅に置けないよ。まったく驚きだよね」

「掃除しましょうよ、掃除」

「今度ね」

「エー、何言ってるんです。もう、私がここに来たら、すぐに庭の雑草みんな刈り取っちゃいますから、それでいいですよね？」

「店子になる子に、そんなことまでしてもらうのは悪いな」

「雑草取りくらい休みの日にやれば、そんな大変でもないと思います。相手は樹木に見えるけどただの雑草ですから。むしり取ります」

「全部刈り取っちゃうと、住処がなくなっちゃうと困るかも」

「その浮浪者のですか？　もしかして、まだあの中に……住んでるとか？」

「いや、僕が発見するまで彼は家賃払ってもらってなかったので、発見した時に早々退去してもらいました」

「それなら、誰の住処がなくなるんですか？」

「野良の動物達が、この庭に遊びに来てね」

祥子の頭にピンときたものがあった。

さっき屋根の方から感じたあの何かの気配だ。

「何っ、何が来るんですか？」

もしかしたら狸？　祥子は急に期待に胸を躍らせて、そう聞いた。

「この近くには野良猫の他に狸とか、アライグマとか、狸とか少数だけど住んでいたんだ。僕が日本に帰って来て、すぐにここの家の庭でそいつらに遭ってさ。それでエサをあげ始めて仲良くなれたのもいたんだ。彼らが居心地よさそうにしてたから、雑草の始末とかやり辛くなってさぁ」

「ただの無精じゃなかったんですね。すみません」

「無論雑草が生えたままだと、蚊とか増えて衛生上よくないのはわかるんだけど、あいつらの顔見ると可愛くてさ。庭を掃除しちゃうと彼らの居場所を取っちゃうみたいでさ」

「それは、すこしわかる気がしますが……」

「でも、もういいんだ。最近保健所か衛生局が雇ったのか知らないけど、害獣駆除の連中がこの近辺によく出没してくるようになって」

「捕まえちゃったんですか」

「うん、巧妙な似せ餌とかを随所にしかけて、次々と小動物を害獣と決めて捕獲していってるらしいんだ。外来種はまず一番にダメだ。害獣指定が出やすいからね」

「外来種って？」

「アライグマとかさ」

「えっ捕まると、みんな殺されますよね」

「そう、人間が勝手に害獣指定して殺処分してるからね。うちの庭にエサがあると、それを目指して、彼らはここまで来ちゃうでしょう。それは危険な事だとわかったんだ。ロンドンでは多数ハリネズミが野生化して繁殖し、住宅街のガーデンの愛嬌モノになって親しまれているのに。東京じゃあ彼ら小動物は目の敵にされちゃう。可哀そうだよ」

「それで……」

「そう、君の話を聞いて雑草も切り時かなって、思ったんだ」

大也はとても寂しそうな顔をしていた。

その顔を見て祥子は、動物好きな人には悪い人はいないって言うけど、彼も悪い人じゃないみたいと確信した。

それでも彼に聞いておきたいことがある。祥子は大也の方に向いて躊躇いがちに問いかけた。

「外からのお客さんじゃなくって、この家にも何か飼われてますよね？」

「ああっワビの事？　トラ猫の」

「あの子は首輪してるから、飼い猫だとわかります。猫取りや保健所は、首輪してたら捕まえられませんよ」

「うん、それに家の敷地から外には出ない様に、ワビにはよく言ってある」

「それって話通るんですかワビに？」

「通ってるみたい」

「他には何かいません？」

「他は……」

そう聞かれると大也は、祥子から視線を逸らし空を眺める様な顔をして言葉を濁した。

「わかってます。この家の屋根の方に何か動物いますよね？」

祥子はあてずっぽうに、三角屋根の方を指さして、そう言い切ってみた。

「うわぁよくわかったね。実はワビ以外にもう一匹僕のとこで飼ってるやつがいるんだ」

「猫ですか？」

祥子は詰め寄った。

「違うよ」

「何？　何？　教えてください」

なんで誤魔化すんだろう、祥子はイラっと来た。

「そのうち……」

「またそうやって、人をじらす。大也君その癖よくないです」

「えっ僕？　どこでそんなことした？」

「しました。私と会った時はいつもそうです」

言っちゃったと祥子は思った。自分がせっかちな性格なのか、彼の態度が思わせぶりに感じられて仕方ないのだ。

「思い当たらないなぁ？」

と大也はとぼける。さっきよくわかったと言ったのだから、隠さないでと祥子は思った。

「思い当たるくらいならましな方、自然にそういった話し方しちゃうから、聞いてる方が思わせぶりなこと言われて、消化不良でイライラするって言うか……」

「ごめん、ごめん、そんなつもりじゃあ」

そういって軽く頭を下げている大也の足元に、猫くらいの大きさの小さな灰色の動物が屋根の雨樋(あまどい)を伝わって素早く身軽に走り降りて来た。

「あっ」

この子だったのかと、祥子は思った。しっぽが長くて可愛い。

「そうこの子」

と大也は灰色の尻尾の小動物の方をチラッと見て答える。

「イタチ？　テンですか？　まさか足の速いプレーリードックとか？」

「違う、ハクビシンのハク」

ハクビシンと言われて祥子はピンときた。

最近、東京ではハクビシンをよく見かけるようになったと、京都にいた頃の特集ニュース番組で見たことがあったからだ。

イタチやテンによく似た小動物だ。目と目の間に白い筋が見える事から「白鼻芯（はくびしん）」と呼ばれている。食肉目ジャコウネコ科ハクビシン属に分類される食肉類だ。大きいくくりでは猫の仲間という事になる。昔話ではムジナ扱いされていることもあった。

祥子は、前に動物園でハクビシンの檻を覗いたことがあったが、夜行性巣穴で寝ていたらしく、見ることができなかった。だから実際に見るのは、これが初めてだった。

「ハクビシンって人に慣れるんですか？」

「うん、こいつは僕には慣れたよ。赤ちゃんの時にこいつのお母さんが交通事故で死んじゃってさ。うちの前の道路で跳ねられたらしいんだ。それで鳴いているこの子を庭の草むらの中で見つけて、家の中に連れ帰って、温めてエサをやり始めたんだ。住人達が集まって来てみんな可愛いって手伝ってくれたし。それで、人にも慣れた」

「人に慣れたハクビシンなんて凄い！」

「ほら」

そういうと、大也の右足を駆け上がったハクは、右肩から左肩、左腕を素早く走り肩に巻き付くように留まった。生きたマフラーだ。普通の猫ではこうはいかない。強く爪を立てるし、足を踏ん張るから服を通して、肌に爪痕が残ってしまう。ハクビシンはとにかく身軽なのだ。

「あっいいなあ」

それを見ていた祥子は思わず声が漏れた。自分も毎日エサをやって、慣れさせるとハクは肩に乗ってくれるかもしれないと思ったのだ。

その瞬間、祥子は内心ここに住むと決心を固めた。

「でも、ここには猫がいましたよね。あのワビスケとハクは、一緒にいたらバトルとかにならないんですか？」

「それがさぁ。お母さんが死んじゃって、庭で僕がこいつを見つけて家の中に連れて帰った後、この子を見ていたワビが近寄って来たんだ。ハクの横でワビが寝そべって横になって、お腹を見せてこいつにミルクを上げようとするの」

「えっワビさんメスだったんですか？」

そんな異種生物交流聞いたことがないと驚いた。

「そう、でもワビは出産経験ないし、そんなことしてもミルク出ないいんじゃないかと思って見ていたら、自然て凄いんだね。なんとミルクが出てきちゃったんだよね。出産経験なんてないのに！　信じられないよね」

「へぇ――――」

「ハクが乳首を吸い続けて、2日めからなんだけどミルクが出始めた。獣医さんにそんなことあるのって聞きに行ったら、ハクビシン相手の例はないけど、犬猫ではたまに聞く事例なんだって」

「そうなんですか、赤ちゃんの時って、生きていくためにすごい事が起こるんですねぇ」

「そうそう、でも出産経験のないメスのミルクは白くっても、その中には栄養はないんだって。だから別にミルクとか与えないとハクは育たないって言われたよ」

「それも初耳です」

祥子はどれも初めて聞く話だったので、驚いて頷くばかりだ。

「まあそう言う訳で、それから二匹はとても仲がいい。生みの親より育ての親って人間でもよく言うじゃない」

そう言って大也は肩に留まったハクにチュをした。ハクが大也の唇を小さな舌で舐める。

それを見ていた祥子は思わず聞いてみた。

「ワビさんに、ハク君はあの、あの、私にも馴れますかね？」

「ワビはここの住人皆に可愛がられてるけど、ハクはどうかな。夜行性だし滅多に人前には姿を現わさない。みんな、彼が天井裏にいるのは知ってるけどさ」

「でも、ここにこうして」

　そういって目の前にいるハクを祥子は指さして、今は昼間ですよと大也に話が違うと見詰める。

「僕がいるせいかな？　ひょっとしたらハクと祥子ちゃんは相性がいいかもね」

　そんなこと言われると、期待しちゃうと祥子は胸を躍らせた。

「私、絶対仲良くなりたいんですけど」

「まだ初対面だから、慌てない方がいいよ」

　そう言われて、根気よくエサを挙げていた京都の狸のお母さんのことを思い出した。

「ですね」

　ハクを肩に乗せたまま大也は、振り返ってサンダルを脱ぎ、広い廊下のような縁側に戻ろうとした。庭のベンチで日向ぼっこをしていたワビが、その気配を察して顔を上げ、飼い主の後を付いてベランダから室内に入って来る。

　そこでハクは雨樋に飛び移って、そのまま雨樋から外壁を伝わって屋根の上に飛び移って姿を消した。

ボルタリングのオリンピック選手でもこうは身軽にいかないだろう。

どうやって足場を決めて、飛び上がっているんだろう。

その動きの間、祥子は羨望を込めて、ハクの優雅な空中移動に見惚れていた。

すると屋根の巣穴に戻ったと思われたハクが驚くべきパフォーマンスをやってくれた。

二階の屋根から庭先の納屋に延びている細い電話線の上を、軽いステップで走り抜けていったのだ。電話線の太さは5ミリ程度しかない。

驚くべきバランス感覚だ。

「家の中も見てよ。インテリアとか面白いから」

呆然としてハクが消えた納屋の屋根を見詰めている祥子の背中に、大也が声をかけた。

振り返って居間の室内を見た祥子は、そこの棚に飾られた数々の置物や、壁に立てかけてある狩猟民族の盾のようなもの、厚い生地で編み込まれた絨毯、ヨーロッパ風のテーブルなど、珍しいものが、いきなりたくさん目に飛び込んで来た。

「うわぁ綺麗。壁掛けとか絨毯とか、ほんとここは多国籍なんですね」

「面白いでしょう、ここに住んでる住人がそれぞれ思い思いにお土産を持ち帰ってきて、ここに置いてるって感じ」

「これって中国の壺なんじゃ。高そうですよ。エントランスは皆が自由に出入りするんですよね。ここに置いといて、貴重品を誰かに持っていかれたりしませんか？」

「そうだね。持って行かれて困るものは、ここには置かないように。これは、きっとレプリカとかだよ」

当然と言わんばかりの大也の回答だ。でも、祥子にはどう見てもレプリカとかには見えなかった。

そこそこ高価な置物でも、この家の中には何故か無造作に置かれているように思える。どうしてなんだろう。

見回してその部屋の中にある物だけ取っても、大也に聞いてみたい事が次々、祥子は頭に浮かんでくる。

思いついて聞きたい質問は尽きなかったが、それは多すぎて、今は抑えることにした。

「そうですよね。それじゃあ皆さんのお部屋ってどうなってるんでしょうか？」

その一言に祥子は、自分の質問を圧縮して彼に聞いてみたのだ。

「それは住人のプライベートなんで、祥子ちゃんがここの住人の皆さんと親しくなってお部屋にお邪魔させていただくのがいいんじゃないかな」

「はあー、そうですね。ちなみにここではみんな日本語通じますよね」

「みんな日本語です。国籍はまちまちだったり、二重国籍だったりもするけどそこは一緒に住んでいると気にならなくなってくるよ。不思議に……」

「そういうものですか。それにしてはこの敷物の絨毯アラブっぽいし、東北岩手のコケシの隣にパプアニューギニアの呪術の人形みたいのとか飾られてるし、この人形は裏にブラジル製とか書かれてますけど」

「そこいらに飾られてるよく出所の分からない置物は、以前のここに住んでた誰かの置き土産じゃないかな。今はニューギニアの方はうちには住んでいないと思うよ」

「はぁ」

考えれば考えるほどここには今まで、どんな方達が住んでいたのだろうかと思った。

大也と居間であれこれ話をしていると、タイミングよく玄関のドアを開けて、入って来た和服姿の外国人女性がこちらを向いて軽く会釈した。

にっこり笑った顔は絶世の美女だ。

髪の毛の上げ方や、着物の着こなしから、職業は浅草の芸者さんのように見える。

「やあ、ローラお帰り。丁度よい、紹介するよ。こちら大鳥居祥子ちゃん。彼女はローラ、懐石瓢箪(ひょうたん)という料亭で働いてるフランス人の芸者さんなんだ」

「よろしく」

「初めまして、大鳥居祥子です。宜しくお願いします」

祥子は初対面のフランス人の芸者さんに緊張して頭を下げた。

祥子は以前から外国人の芸者さんが、浅草の料亭や割烹に何人か働いているらしいとは聞いていたけど、目の前に見るのは初めだった。ブラウンの髪を結った頭に、和服が意外によく似合っている。

ローラが祥子に会釈して、話し始めた。

「こちらこそ、そうだ、今日サザエが余っちゃって、お店から少しいただいてきちゃいました。これ皆さんでこれからいただきませんか。殻付きで鮮度は抜群です。ここまで持ってくるの重かったです」

「いいね、ローラ着替えておいでよ。冷蔵庫に肉もあるから庭でバーベキューにしようか？」

「賛成、他にいる人呼んできましょうか？」

料亭からの賄い食材を他にも調達してきたのだろう。ローラは太った手提げを玄関に置いて、自室に着替えに戻ろうとした。

「誰かいたっけ？」

大也は住人に動向に関心がないようだ。

「私、二階見て来ましょうか」

そう言ってローラは二階に上がって行った。

「どうだい、一緒にバーベキューでも？」

大也が祥子の方を向いて、一緒に食事をしていかないかと誘った。ローラとの会話を聞いていた祥子は大也からそう言われるのを、待っていたような感じだ。

誘ってもらって、嬉しかった。

バーベキューに同席すれば、ここに住んでいる住人の感じもわかるし、サザエもいただけそうだ。祥子は貝も大好物だ。

「よいんですか？」

「もちろん、その代わり用意と後片付け手伝ってね」

「任せてください！」

祥子は軽く腕まくりをして見せた。

バーベキューの手配は大学にいた時に、何度かサークルで皆で分担してやったことがある。

サザエを一階のキッチンに運んで、調理機材の説明を大也からあれこれ聞いていると、後ろから声がかかった。キッチンを覗き込んでいるのは、痩せた色白の男性だ。祥子の見たところ三十歳くらいの年格好だ。

「バーベキューだって。居てよかったよ。何か手伝うことないかい？」

そう言って声をかけて来た男性を、大也はまた祥子に紹介する。

「彼はトーマス」

「初めまして、フィンランドから来ました、トーマスです。日本にきて3年になります」

「初めまして、大鳥居祥子です。宜しくお願いします」

「僕は浅草のスーパー銭湯で働いてます」

「行ったことあります。あそこのお風呂大きいですよね、いろんな施設があって。マッサージとかゲーセンとか」

「そうです。休みの日に一日中過ごしていても飽きないスーパー銭湯です。僕はお風呂に入るのが大好きで仕事もお風呂関係にしました。サウナもあります。知ってますか、フィンランドはサウナ風呂の発祥の地なんです」

「そうなんですか、知りませんでした。」

「フィンランドのサウナは木製のお風呂場に、熱く焼いた石が置かれていてそれに杓子（しゃくし）ですくって水をかける様式です」

「フィンランドはオーロラとか見れるんですよね？　露天風呂でオーロラとか見られる

と素敵ですよね？」

「裸で外気に長時間いるのは、寒すぎて厳しいです」

「そうなんだ」

「ただし、サウナに入った後、外気に触れて雪に飛び込んで体を冷やして、それからまたサウナに戻って来る人もいます。男性に限りますが」

「日本では、水風呂に入りますよね。似た習慣があるんですね」

「あとは、白樺の葉で体を叩くのです。これにはリラグゼーションと血行促進効果があるとされています」

「へー。その習慣は日本にはないなあ」

そう言って祥子は腕を組んで考え込んだ。

「まあまあ、二人ともバーベキューの鉄板とかボンベとかテラスに出して」

大也は祥子に食材を刻む指示を出し、トーマスには鉄板やテーブルを動かす指示を出した。

「はい、やります」

そこにまた一人、二階から降りて来た人が現れた。

「なになに、ちょうどお腹へってたんだ。バーベキューやるんだって」

そう言ってとても元気のいいアフリカ系の男性が、厨房に飛び込んで来た。

「やあ、ジィーロいらっしゃい」

「初めまして、僕はジィーロ、浅草の国際通りやROXの辺りで流しで演歌歌手やってます」

「はじめまして、大鳥居祥子です」

外国人の流しの歌手までここには住んでいるのか、祥子はただただ驚くばかりだった。

これだけ国際色豊かで、しかも職業が多彩だと祥子は自分の存在が霞んでしまいそうになるのではと不安になって来た。


その時、二階から大きな音を立てて、駆け下りてくる足音が聞こえた。

「あーん、たいへん寝過ごしちゃった、遅刻、遅刻」

派手な衣装に、大きな旅行用のボストンバックを両手に持って、茶髪ロングヘアの美人が階段を駆け下りて、速足で玄関に向かって来た。

時刻は午後三時、こんな時間に遅刻とは、銀座、赤坂の接客業の人なのだろうか。

「おはようございます」

大也は右手を挙げて、いつものことのような仕草で軽く挨拶する。

すると、その美人はいきなり大也に言いがかりをついてきた。

彼の態度に何か不満があるようだ。

「おはようじゃないでしょ。大也、あれだけ激しく目覚まし鳴ってるんだから、起こしてくれてもいいでしょう」

「それは無理。若い女性の寝室に入れません。しかも、世界的人気シンガーでダンサーのリリーさんのお部屋に、僕が入れる訳ないでしょう。ファンに殺されちゃいますよ」

「大女優はこ・ど・く」

大也が無理言わないでという顔で、彼女に抗弁する。

「あらその子、彼女？」

リリーはいきなり話題を変えて、チラッと祥子の方を見て、大也にそう聞いた。

「違いますよ、空き部屋を見に来てくれた借り手の候補」

またも大也は両手を挙げて、彼女に抗弁する。

「そう、大也も彼女作ったら？」

起こさなかった話題はもうおしまいなのだろうか、彼女は大也のプライベートに触れて来た。

「僕は特に必要ないかもです」

「その年で何意地はってんの。彼女くらい、何人いても損するもんじゃないでしょ」

「あの、大鳥居祥子です。宜しくお願いします」

祥子はとりあえず、自分の存在を主張しておこうと2人の話に割り込んで自己紹介をしてみた。

「私、帝竹劇場の踊り子高野内梨香、リリーでいいわ」

「知ってます。帝竹ナンバーワンのダンサーで、世界的なヒット曲を何曲も持ってらっしゃるリリーさんですよね。浅草に住んでいて、リリーさん知らない人なんてもぐりですよ」

「あなた……、知ってるわ」

リリーが祥子の顔を改めて見て、驚いたように彼女を指さしてそう言った。

「えっ？」

リリーにそう言われて、戸惑うのは祥子の方だ。

「祥子ちゃんでしょう。人力舎の娘さん。寄り合いで何度も見たことあるじゃない。私の事覚えてない？」

「あっはい、知ってます。私の方はよくリリーさんの事知ってましたけど、まさかリリーさんは私のことなんか、覚えてないだろうなって思ってて」

「何言ってんの。しっかり覚えてるわよ。私、人力舎のお爺さん気に入ってんの。話面白いんだもの。一緒に飲んでるとお酒が楽しくなっちゃう。話に夢中になっちゃって、枝豆とかいつの間にか全部食べちゃう」

「お爺ちゃんの話、そのー面白いですか？　ちょっとくどくないですか？」

リリーの話に祥子は安心したのか、すこし砕けたしゃべり方になった。

大也は2人を交互に見て、頷いている。

「ううん、気になんない程度。それに私、いつも花川戸の寄り合い楽しみにしてるんだから。最近ロスやNYの舞台が多くて、少し地元、浅草ではご無沙汰だったけど、これからまた寄り合いにはお邪魔させてもらうから、よろしくね」

そうだったのか、と祥子は思った。数年ぶりにまた寄り合いにリリーさんが顔を出したら、みんな大いに盛り上がること請け合いだ。

「はい、私の方こそよろしくお願いします」

祥子はそう言って頭を下げた。

「祥子ちゃん、お家はこのすぐ近くでしょう、何でこっちに来るのよ？」

「それは……」

そう聞かれて、祥子は答えに詰まった。

「わかった、大也に――」

そう言って、リリーは大也の方を見てにこっと微笑んだ。

「リリーさん」

大也が、軽く首を左右に振る仕草をする。

「違います。ハク君とワビさんが気に入って」

祥子も負けじと抗議する。でもこの気持ちは嘘じゃない。

「そう、てっきりお家でなんかあったのかと思った」

リリーは勘が鋭い、と祥子は思ったが、何とか顔には出さない様に抑えたつもりだ。

リリーは玄関に散らばった靴の中から、器用に自分のハイヒールを探し出して、足先で履いた。そして両手に大きなボストンバックを持って、玄関のドアを開けた。

そこには帝竹劇場の迎えの車が来ていた。

マネージャーらしいスーツ姿の男性が今まさにドアをノックしようと、そこに立ったところのようだ。

「あっどうもマネージャーの林です。リリーさん。急いで。荷物は後ろのトランクに私が運びますから」

「起こしてくれればいいのに」

とリリーは彼にも文句を言う。

「電話を何度もしましたよ。携帯は？」

リリーはそう言われて、携帯が手元にないことに気付いた様だ。どこかに入ってるだろうと思ったのか、彼女は咄嗟に適当な答えをして見せた。

「昨日から電池切れ」

その答えにマネージャーは満足していないようだ。トランクを車の後部シートに押し込みながら質問を続ける。

「昨夜はどこで飲んでたんですか？」

「お茶屋さんで、あそこに携帯忘れたかなぁ？」

と、とぼけた顔でマネージャーに笑いかける。

「やっぱり持ってないじゃないですか！」

と見透かしたように彼が答える。

「だからさぁ鳴らして探してよ」

リリーは逆切れして、マネージャーをせっつく。

「またですか。まず、私はリリーさんを劇場まで送り届けたら、携帯を探します」

そう言って彼は運転席に乗り込んだ。リリーは助手席のドアを開けて、玄関に立っている2人の方を見る。

「大也、祥子ちゃん行ってきます。大也もたまにはステージ観に来てね」

そう言って、大きく手を振った後、素早くドアを閉めた。

「はい、行ってらっしゃい」

二人は声を合わせてそう言った。

赤のベンツが狭い路地裏を走り去っていった。帝竹劇場に向かったのだろう。この時間に飛び込むとリハーサルはなし、ぶっつけ本番のステージになるだろう。

あれだけ騒いで向かったんだから、お酒は抜けただろうと祥子は思いたかった。現に今までリリーのステージでを実況で見ていて、とちったところなんて見たことがなかったからだ。ステージに上がったら、世界的シンガーだ。

走り去るベンツを見て私の愛車の人力車の塗装も赤に塗り替えてみようかと、祥子は考えていた。

そう言えば、愛車に名前も付けていなかった。それも決めようと秘かに思った。

# 第四章　寄り合いは神社の集会所で

その翌日、祥子はシェアハウス花川戸に引っ越してきた。

何のことはない、京都から持ち帰った荷物の段ボールを、ほとんどそのまま開けずにこちらに持ってきただけだ。

簡単な引っ越しだった。

祥子が「人力社中」吉良社長のところで働き始めたことについては、父から家の中で朝夕顔を合わせると、毎日のように小言を言われることになってしまっていた。それで引っ越しの行き先さえ決まったら、彼女は一刻も早く実家から出ていきたかったのだ。

母は言い出したら聞かない子だと祥子に言いつつ、父には内緒で引っ越しの準備を手伝ってくれた。

今回の引っ越し先は実家からすぐ近くだし、シェアハウスなので一応洗濯機も完備している。だから大物の移動はほとんどないことも、祥子には幸いした。

それに忘れ物があっても、実家には歩いて取りに帰れる距離なのだ。

「もう、引っ越し終わり？　なんか荷物少なくない？」

大也が居間で優雅にダージリンティを飲みながら、荷物を運び終わり二階の部屋から降りて来た彼女に声をかけた。

「とりあえず、これだけあれば生活するには困りません。後不足の物は追々実家から運んできますのでご心配なく。私手間のかからない女なんで」

「そう」

大也はそっけない答えを返した。

祥子は大也の反応はさして気にはならなかった。それよりなにはともあれ、引っ越しの大物の移動が今日一日ですっかり片付いたんで、ほっと一息付けたところだった。

「祥子ちゃん、私のお部屋においでよ。お客さんからいただいたお菓子があるよ」

リリーさんは祥子の部屋の隣だった。自室のドアを開けて、廊下に顔を覗かせ祥子を手招きで呼んでいた。

その日は、舞台もオフなのかリリーさんは部屋の中で一人、久しぶりに落ち着いているようだ。

祥子は甘いものには目がない。それにリリーさんのところの差し入れだったら、美味しいものに決まっている。

「いっきまーす」

そう言って祥子は、段ボールの開封は、そのままにリリーの部屋にお邪魔することにした。

「狭……」

それが一言目の祥子の口を突いた感想だった。

部屋のスペースの大半を占めているのはステージ衣装だ。

それらが所狭しとクリーニングから戻した状態でかけてある。その量だけで部屋がほとんど埋まっているほどだ。残りのスペースに冷蔵庫が置かれている。

「こんな手狭なのに冷蔵庫二つ」

「でもね、祥子ちゃん聞いて。これは必需品なの」

「開けていいですか?」

「いいわよ」

リリーさんがそう言うので、好奇心旺盛な祥子は早速冷蔵庫を開けてみた。

一つにはビールと、その他の食品が少しだけ詰め込んである。後は赤ワインのビンが数本。

もう一つはワインクーラーとして活用されている。聞いた事もないような年代物のワインがコレクションされている。何かの記念日とかに、開けるのだろうか。

「今日は祥子ちゃんの引っ越し記念日、だからムートンロートシルト2014ヴィンテージか、シャトー・ラフィット・ロートシルト、これもヴィンテージどっち開けようかなぁ。それともロマネコンティのラ・ターシュ1950年開けちゃおうかなぁ」

「ちょっと、リリーさん……。もうかなり出来上がってますね」

「そうでもない、ない。昨日のお酒がほんのちょっと残ってるだけよ」

「それにしても、窓開けますね」

そう言って祥子は衣装を押しのけて、部室の窓を解放した。心地よい風が室内に流れ込んでくる。甘いアルコールの香りが少し抜けて、息ができるようになった感じだ。

「ワイン好きでしょう」

そう言って、リリーは冷蔵庫から一本を選んで、祥子の前に差し出して見せた。

「嫌いじゃないですけど、リリーさんが今出したこのワイン、気が遠くなるほど高そうですけど。私スーパーで売っているようなワインとかが口に合うので、そういうのでいいんです。ないですかね？　赤ワインこっちの冷蔵庫にありましたよね」

「ない、ワインは高級品しか飲まん」

「はあ、そうですか。シャンパンとかでも」

「そんなの飲ま――――ん」

「ですよね」

祥子は困ってしまった。飲んだことない高級ワインなんて自分が飲むのは無駄使いだと思ったからだ。

「食べ物あるよ、貰い物だけど」

そう言ってリリーは紙袋の中から、贈呈品の包装紙に包まれた箱を引っ張り出した。

祥子はその包み紙を見ただけで分かった。

「これ、ソラマチで売ってる向島言問(こととい)団子？」

「当たり」

「食べていいですか？」

「ワインのおつまみにどうぞ」

「ワインはお付き合い程度にいただきます」

祥子もお祝いの席とかでたまにしか食べたことがない。高級和菓子だ。はとバスも立ち寄る東京の名店なのだ。黒、白、黄色の3色のお団子がたった3粒で600円（税別）もする。これをどの色から順に食べるかだけで、1時間語れるのが浅草の甘い物好きだ。

その時、リリーが付けていたTVは何かニュースをやっていた。衛星放送の外国のニュース映像なのだろう。祥子は見たこともない画面で、言語は中国語なのだろうか。

「私のアジア祭での舞台の録画の国際中継、始まりそう」

そう言ってリリーは時計を見て番組を変えようと、ＴＶに手を伸ばした。

その時、どの団子から攻めようかと迷っていた祥子は、ＴＶに映っている映像と日付けが気になって、番組を変えようとする彼女に声をかけた。

「あっちょっとリリーさんそのニュース、聞かせてもらってもいいですか？」

「あ、そう」

リリーはそう言われて、番組をニュースのまま、手に持ったグラスを無造作に口に運んだ。

「台湾の国際通信ね、こんなの興味あるんだ祥子ちゃんは」

「お姉さん、今なんてニュースで言ってるか、教えてくれませんか？　私外国語なんて分かりません」

「ええと、先日……日本時間で４日前の夕刻かな。人工衛星四基が落下……だって」

「衛星四基ですか……他に何か言ってますか」

「他に……？　特にそれだけだけどこのニュース。私の知る限り日本では報道されてないわね。今の日本の政権は国民をいつも置き去りにしてさ、こんなんじゃそのうち政治不信の暴動が起きるぞ」

「日本では報道されてない、４日前の夕方……」

「どしたの祥子ちゃん、急に真剣な顔してさ」

祥子は４日前、桜橋の袂で大也に会った時のことを思い出していた。

今思うと彼はマジックを始める前、何かを待っているような仕草で、手品の準備中と言って時間のタイミングを計っていたような感じだった。

彼は衛星落下の時間を知ってたんじゃない？

あの時間なら、日本は夕暮れ時だから、夜空に落下する人工衛星を、はっきりと肉眼で流星として捉えることが出来たのだろう。

それにしてもいくら手品にはタネがあると言っても、そんな壮大で大規模な事件をマジックのネタにするなんて、信じられない。

彼は何で事前にこんな大事件の情報を知ってたんだろう？

誰かに教えてもらったんだろうか？

祥子の中で、大也の存在が余計にわからなくなっていった。

そんな事があって数日後、三社祭の準備の相談で町内会の寄り合いが開かれる日が来た。

花川戸では、1、2週間に一度は寄り合いが開かれる。それは珍しいことではなく、日常なのだ。

祥子は母に頼まれて、よく使っている吉原に方面に行く途中にある、浅間神社近くの集会所で、寄り合いの後の酒席の準備を手伝うことになっていた。

父は来るのかと母に聞いたが、今回は体調不良でお休みだそうだ。母からそう聞いて、祥子は軽くため息をついた。

少し父とは間を置いた方がいいかなと思った。

今回の寄り合いは三社祭の町内会ごとの、役割分担の確認がメインの議題なのだが、ここ数年は町内会での分担変更などは、特にないため、会議の進行はとてもスピーディに進んで行く。

何のことはない会議はすぐに終わった。それからが本番だ。酒席の準備で長テーブルが男衆の手で次々と運び込まれ、会議室は宴会会場に早変わりしてゆく。

その日、祥子は大也が初めて寄り合いに出席するため、会場に来ると言うので彼の到着を何気に気にしていた。

彼は昨年ロンドンに仕事の関係で残った家族から離れ、一人日本に帰国してきたと祥子はシェアハウスで聞かされていた。

大也は日本を離れていた期間が長かったせいもあり帰国後も、昨年は一度も寄り合いには呼ばれていなかった。最も自分から足を向けることもなかったのだが。

そんなこともあって、祥子に誘われるまでこの会に出席していなかった。出席するのは帰国後初めてのことになる。

宴会の用意が殆んど整い、公民館二階の宴会会場で祥子のお爺ちゃんが勢いよく乾杯の音頭を取ってビールを開けた。彼は寄り合い仲間からは、源爺さんと呼ばれている。

乾杯から30分ほど遅れて、大也は区民館の二階会議室に現れた。

「すみません、花川戸2丁目のシェアハウス花川戸の宴大也です。今日はせっかく寄り合いにお招きいただいたのに遅れてしまいました。申し訳ありません」

そう言って大也は、宴会場の大会議室の入り口で頭を下げた。

「おうおう宴君か、よく来たね。まあこっちに着て座る前に、かけつけ一杯じゃ」

彼の姿を見ると、そう言って立ち上がって両手にビール瓶とグラスを持って近づいたのは、大葉（おおば）邸の御隠居だ。

すぐに彼にグラスを渡して、ビールを勧め注ぎ始める。彼は町内会で無類の酒好きを誇る陽気な老人の一人だ。

大也は周囲を見渡すと、既に宴が始まっている雰囲気に見えたようで、大葉さんの勧めるジョッキグラスを持って、彼とその場で乾杯した。

するとは彼の周りに座っていた参加者達が、次々にカップやジョッキを差し出して、乾杯の挨拶を彼に求めてきた。

大也はそれに丁寧に対応し、恐縮そうに頭を下げている。それを初めての会議の席に遅れてしまったお詫びと挨拶の代わりとした。

終始大也の対応を目で追っていた祥子は、彼の会全体に対しての自己紹介が、簡単ではあるが穏便に済んだと感じて、ほっと胸を撫で下ろした。

そんな事まで自分が心配する事でもないのに、と思ったのだが、シェアハウスの大家さんのことでもあり、祥子は少し気になったのだ。

その後祥子は、呼ばれて座っていた宴会場の入り口近くから立ち上がって、膳を取りに下の調理場に降りて行った。

「おや、宴君いらっしゃい。始めまして。あなたほんとにいい男ねぇ♥」

和服姿で濃い目のお化粧、解れ毛に気遣いながら、彼に近づいて来たのはオカマバー「スターダスト」のマスター静江（しずえ）という人物だ。

彼は人好きで明るく話上手なので、寄り合いなどの宴会では常に場を盛り上げる人気者だ。

「初めまして宴大也です。静江さんも元気そうで」

「もう、その笑顔がイ・ケ・ズ!!」

そう言って静江は右腕で大也に肘鉄を入れるフェイントをして見せた。同時に左手の甲でサラッと大也のお尻を素早く撫で上げる素振りをする。

オカマの特有の挨拶なのだろう。

「静江さん!!」

大也はそう言って驚いて腰を引く。慌てた勢いで少しビールをこぼしてしまう。

彼は出会いがしらで、静江に対して隙があったと後悔したが、見事に慌てた素振りを見せてしまった。その自分に動揺して、少し声が高くなる。

でも、あくまで静江は触るふりだけだったので、静江にしたら単なるジョークかお愛想程度のアクションなのだろう。

「大也君はロンドンに長く住んでいたって聞いたの。日本に帰ったんなら、早く地元の寄り合いに顔出さないとダメでしょう」

静江は平気な顔で話を続ける。

「今回はお誘いいただき、本当にありがとうございます」

大也は、静江の相手をするなら、多少アルコールが入ってないとダメだと思ったのか、手に持った生ビールのジョッキを一気にあおって、大きく息をついた。

そんな大也を見ている奥の席の隠居組の老人たちは、めったに来ない新客大也が珍しいのか、一人が立ち上がって大也に来いと手招きをする。

「おーい、大也君、こっち、こっち」

貸し切りの区民館の一室、宴会会場の奥三分の一程度の場所に上座スペースが造られている。茶会等も行える一段高い作りの畳を敷いた一角だ。

そこに集まっている隠居組の一団が、後から入って来た、見慣れない若い衆大也の姿を、目敏く見つけて、彼らの席に呼んだのだ。

「いつもお世話になってます。花川戸二丁目の宴大也です」

「いい、いいご近所なんだから。知らない顔が並んでいる訳じゃないんだ。改まった挨拶なんてすんな」

「どちらさんも、どちらさんも」

顔の前に右手を立てて左右に振る動作をしながら、大也を円座を組んでいる一団に招き入れたのは花川戸商店街の世話役、大鳥居源衛門（おおとりいげんえもん）老だ。「人力舎」の御隠居で祥子のお爺ちゃんだ。

宴会大好きで、銭湯の一番風呂と寄り合いにはいつも一番に顔を出している。

お爺ちゃんは生涯現役の車引きで行くと宣言している。

お爺ちゃんに言わせると「世の中のタクシーの運転手に定年がないんなら、車引きだって一緒だろ」ということらしい。

「大也君ワシはなあ、当年とって84歳になる。今だに現役に混じって観光客相手に人力車を引いて両国、上野辺りまで走りまわっている」

「存じております」

「ああっそうじゃった、そうじゃった。キミのところの下宿に祥子が厄介になってるんだよな」

「シェアハウスです」

祥子のお爺ちゃんは、そう答えると大也にビールを勧めた。

祥子が聞いていたら、彼らが以前から面識があった話し方をしていることを、不思議に思っただろう。

その時は、祥子は膳の上げ下げで部屋にはいなかったので、それには気付かなかった。

「今日はまだ来ていないけど、昇治君は源衛門家の親類筋で三男坊に当たる。大晦日の夜、花川戸神社の境内で参拝客の大人には御神酒、子供にお年玉を振る舞うのが彼の毎年の役割になっている」

そう話すのは、隣に座っているキセル屋の御隠居だ。突然の話に全く脈絡がない。

御隠居に話されて、咄嗟に返す言葉が出なくなったお爺ちゃんは、いつものフレーズを言った。

「まぁまぁ、かけつけ一杯だ」

こういえば、宴会の席は話が何となく繋がるのだ。

大也の右隣に座っていた和服姿の花輪屋武村の社長が、コップを渡してくれてビールを注ごうと腕を伸ばしてくる。大也は嬉しそうにそれを手に取った。

「武さん、ダイちゃんはまだお酒はそんなに飲めないかも知れないよ」

誰かから、酒を勧める武村にそう声がかかる。

それに答えて大也は「今日は皆さんにご同席出来て嬉しい限りです。喜んでいただかせてもらいます」と調子のいいことを言って、出された杯を次々と空けて行く。

祥子は大也の飲みっぷりを遠目で見ていて、その勢いに少し気になってきた。

彼が若いんだから、町内会のみんなの御厚意に甘えるのは、構わないにしても、初めての席で醜態を晒したりしちゃうと、今後の寄り合いの席の敷居が高くなってしまう。

祥子はそれが心配だった。

せっかく自分が引っ越した先のシェアハウス花川戸の評判を、ここで下げたくなかったのだ。

そんな祥子の心配など、大也はまるで意に介していないようだ。

花川戸の班長の武村が更にビールを勧めると、ジョッキを手で塞いで、日本酒の枡(ます)を手に取った。

「おっとこりゃぁ悪かった。もう酒にしましょう、そうしましょう」

そう言って武村は、わかってますと言わんばかりに頭を掻いて見せた。

「そう、じゃ乾杯!!」

そう言って大也が座っていた周りの大人衆数人が、各々のグラスやらを枡やらを彼に向け高く掲げた。

そこでお爺ちゃんが立ち上がって、しゃべり始めた。

「宴もたけなわのことと思いますが、皆さん一旦私、大鳥居源右衛門の話をご清聴ください」

彼の横にはいつの間にか、背広姿の外国人男性が座り込んで、お爺ちゃんの方を仰ぎ見ている。

「そうそう、今日は紹介したい人物が二人もいてな。一人はここにおられる商店会の客人じゃ。アレキサンドル・ブルーノ、れっきとしたイギリス紳士じゃ。もう一人ここに来てくれたのは、寄り合いには初めての若い衆じゃ。こっちは花川戸のシェアハウスの大家さんで宴大也君じゃ。二人ともこれから宜しく頼みます」

お爺ちゃんがそう紹介すると、横に座っていた外国人男性が立ち上がって、改めて自己紹介して周りに何度か頭を下げた。

大也もブルーノの挨拶に続いて、自己紹介し、周囲に座り込んでいる寄り合い衆に丁寧に頭を下げて行く。

「宜しくお願いします」

大也は挨拶が終わると、最後に座の中では大男のイギリス人ブルーノに向って丁寧に礼をして手を差し伸べた。

握手はイギリス流の挨拶だ。

祥子の見たブルーノというイギリス人の印象は、有名なアクション系映画スターを思わせる洒落た派手な外見だ。

背広の着方も見るからにダンディーで、胸の厚い逞しい体型にぴったり合っている。

「彼、いい感じだよね、どう？」

大也が祥子にブルーノの感想を聞いた。

「素敵な方ですね。お仕事は外交官関係とかかしら？」

祥子がそう言うと、大也はそっと祥子の耳元に手を添えて彼の感想を言った。

「それは知らない。もしかしたら外国人マフィアのボスとか？」

「まさか」

「冗談、冗談、あはははっ」

酒が入ったせいか大也がいつもより饒舌になっているようなので、祥子は言葉を返すのを止めておいた。

その大也にブルーノが近づいて来てまた手を振った。大也はそれに答えて「こちらこそ、宜しくお願いします」と返した。

「大也君は髪の毛が金色ですね。ご両親のどちらかがヨーロッパの方ですか？」

ブルーノは大也が金髪なのを見て、混血だと推察したのだろう。

「あっ母がアメリカ生まれなんです。僕の家ってちょっとややっこしくて、えーとお爺ちゃんがイギリス人です」

その話は祥子にとって初耳だった。彼はてっきりイギリス人と日本人のハーフなんだと思っていたからだ。イギリス人という言葉にブルーノの眼が光った気がした。

「クォーターですね。大也君はイギリスには、来た事ありますか？　いいところですよ」

「一昨年まで短い期間ですがイギリスに住んでました。その前はヨーロッパ諸国を両親について、ほとんどの国を旅行して周っていました。また機会があれば世界中行ってみたいです」

これも祥子にとっては初耳の情報だった。

世界旅行なんて、大也は本気で言っているのだろうか？

「おぅ、その時には是非また一番にイギリスに立ち寄ってください。私が国中の美しい名所旧跡をご案内します」

ブルーノは自国イギリスが誇りで大好きなのだろう。彼のしゃべり方からそれが伝わって来る。

ブルーノから見ると大也はまだ、イギリスという国のよさを十分には知り尽くしていないと思っているようだ。

「ありがとうございます。是非その際にはガイドお願いします」

と、大也は型どおりに、彼に挨拶を返した。

大也にとってブルーノは、地元の寄り合いに来た親善使節のイギリス人と言う認識なのだろう。

「源爺さん、商店会の客人って言うことは、ブルーノさんは源爺さんの御友人とかなんですか？」

大也がお爺ちゃんにそう聞いた。彼ら二人の年齢を考えると、お爺ちゃんとブルーノとの関係が見え辛いのは、祥子も同じだった。

「まだ説明していなかったか、この花川戸町の親善町がロンドンの近郊にあってな、名前はセズンという町じゃが。即ち花川戸と姉妹町セズンの親善交流の使節が今日来てくれたブルーノ君と言う訳じゃ」

「そうだったんですかぁ。全く知りませんでした。いつ頃、交わした親善交流なんですか？」

「そうさなぁ、ずいぶん古くからある日本とイギリスの歴史的な絆じゃ。明治33年西暦で言うと1904年、そう日露戦争の直前の頃の話じゃ」

大也はそれを聞いて、かなり驚いた顔をした。そしてすぐに感想を返した。

「そんな昔の話が現在まで守られてるのは凄いことですよね。それにそこまで古い話されても、余計源爺さんとブルーノの関係はわからないです」

お爺ちゃんは、長年交流が絶えて久しかったイギリスとメールで交流を続け、英国人のブルーノを今日の宴会の酒席のためだけでなく、正式に町内会の親善使節としてこの寄り合いに招待したことを、改めて周囲に座っている皆に説明した。

ブルーノは以前から日本文化が大好きだったそうで、ここの集会の参加を来日前から楽しみにしていたと話した。

ブルーノ自身、日本好きで特に浅草大好きと自己紹介をしてくれた。彼は意外なほど流暢な日本語を話すので祥子は聞いて、それがとても聞きやすくて驚いてしまった。

「日本に来るのは初めてじゃありません。何度か来て日本語覚えました。日本語の歌を歌うのが一番です」

と彼は説明してくれた。

お爺ちゃんは以前からこの町内会の顔役だ。だから彼の権限で紹介者、外部の人物を連れて来る事は全く問題はないのだが。それにしても外国人客を集会に連れて来るのは今までなかったことだ。

大也はお爺ちゃんの話が一息付くと、そこで回ってきたカラオケの歌本の選曲に入った。時間をかけずにさっと曲を選定しマイクを受け取った。

「では、カラオケで皆さんの先陣を切らせていただきます」

「いっけ――大也ぁ♥」

とさっき大也のお尻を撫でるアクションをして見せた静江が、裏声で声援を送ってきた。

祥子は静江マスターの甲高い声が、少し癇に障ったが、知らないふりをしていた。

大也はブルーノに歓迎の気持ちを込めて「007ユウ・アイズ・オンリー」を選曲した。イントロが流れてブルーノは直ぐに007とわかったみたいだ。笑顔で拍手をしてくれている。

大也は、落ち着いて歌い始める。

大也は歌い終えると、ブルーノにマイクを渡した。するとブルーノが選んだ選曲は「上を向いて歩こう」だった。

これに感激した祥子は、ひと際大きく拍手を送った。本場イギリスでは「上を向いて歩こう」がどんな感じで歌われているのか彼女は知りたかったのだ。

ブルーノの日本語の歌い方もとてもよく、日本語をよく勉強しているようで、流暢でこれに祥子は本当に驚いてしまった。

「ワシはイギリスとは深い縁がある」

酒が回って来たのか、突然お爺ちゃんは真っ赤な顔で大也とブルーノの方を向いて、熱のこもった口調で何やら話し始めた。徐々に彼の眼が座って来ている。

「イギリスと言えば世界中に有名なのはなんと言っても秘密諜報機関じゃろう。その中の一人がロンドンオリンピックの時もセレモニーで空飛んで登場して来たしなぁ」

「見てましたか、源衛門さん。あれは女王陛下も大変御お喜びだった」

　とブルーノは身を乗り出してそう答えた。

「ブルーノ、奴らは凄腕だったが女好きとしても世界一だった。いい男だったがワシとの間の戦いで日英の関係に亀裂が入るとこまで、行ってしまったのじゃ」

　祥子は少し離れた席から聞き耳を立てて、その話を聞いた。

　今日の話は、映画スターの誰かとお爺ちゃんが、実は以前から知り合いだったという話らしい。

　祥子はお爺ちゃんの酒癖をよく知っていた。

　酔っぱらうと昔話をあることないこと始めるのだ。それが毎回微妙に尾ひれが付いて違うので、聞いている方も何と答えたらいいのか、困ってしまう事が多い。

　お爺ちゃんの話に興味をなくしたのか、少し話題を変えようと、大也が小声で祥子に話しかけた。

「僕の読んだ書物では人力車の運行は大正末期に円タクが搭乗して、途絶えてしまう。それは戦後も同じだ。それから時間が経過して１９９５年くらいに浅草で観光用に人力車は復活を遂げたはずだけど……」

そう言われて、祥子にも思い当たることがあった。

「そう言えば、お父さん若い頃、キセル職人をしていた時期があったって」

「ほら、そうでしょう。でももしかしたら、人力車の運行は東京の中心部には一部に残っていたのかも……」

祥子と大也が小声で話していると、お爺ちゃんが「そこ、黙って聞きなさい」と声をかける。

大也と祥子は、お爺ちゃんのその一言でしゅんとなって黙ることにした。お爺ちゃんが気持ちよくお話してるんだから、水を差すのは止めようと目を見合わせた。

爺ちゃんの話はなおも興奮気味に続いていく。

「あなた、そこいらへんにしときなさい!!」

低い声が彼の背後から聞こえ、源爺さんは飛び跳ねて慌てて自分の後ろを振り返った。いつ来たのか、お爺ちゃんのすぐ後ろに坂江（さかえ）おばさんがぴったり付いて座り込んでいた。

坂江おばさんはお爺ちゃんの後妻で20歳程年が離れている。

今も実家の坂江商店を現役で切り盛りしているので、旧姓で呼ばれることが多い。

祥子は会合や祭りで会う時は、お爺ちゃんと息の合った鴛鴦（おしどり）夫婦ぶりを見せてくれるのだ。

どうやら亀裂が入るのは日英ではなく、もっと身近な所にあったようだ。

坂江おばさんはこう言った寄り合いにはあまり顔を出して来ない方なんだが、正月、元旦、年賀に人力舎に来た時には、鱈腹雑煮と御屠蘇を持って来てくれた。祥子はよく御馳走になっている。

いつもは気さくで能天気に明るいおばさんだ。おばさんの声にビックリしてお爺ちゃんは本当に座布団の上で胡坐を掻いたまま、空中にぴょんと跳ねた様に見えた。

「ふへっ、だってお前ホントの事だしなぁ」

おばさんの静止に対して、お爺ちゃんは一応抵抗する素振りを見せた。しかし、それがいけなかった。地の底から響いて来るような低い声で坂江おばさんが呟く。

「要するにあなたがどこかの娘さんと恋仲になった話ですよね。町内会の寄り合いでそんな自慢話されたら私の立場はどうなります？」

「あっああ……」

睨みつけられて問い詰められるお爺ちゃんの顔面と首筋から、次第に球の様な汗が吹き出し始める。

「その方とのロマンスが破れたから、私と結婚されたんですか？」

「何かの勘違いじゃ」

　消え入りそうな小さな声だ。

「私の立場は？　聞いていらっしゃるご町内会の皆さんの前で、私の立場はどうなるのかご説明していただけますか」

「あ――ひひぃ、わかったよ。私が夢物語を言ってました。ごめんなさい」

「そうです。皆さんにお詫びなさい」

「お騒がせいたしました」

　そう言って、お爺ちゃんは、両手を付いて、畳に額を擦り付けた。土下座だ。

　突然の坂江おばさん出現で、場は一瞬完全な静寂に包まれた。

　いたたまれない気まずい時間が過ぎて行く。

　大也と祥子はその静寂を何とかしようと声に出す話題を探したが何も思い着かない。

　そこに集まってテーブルを囲んでいたみんなも同じ気持ちだろう。

　各々顔を見合わせている。

「あっ……ええとぅ……」

　ブルーノは料理の大皿に箸を延ばして、震える指先で何とか摘まみを選び始めた。どうやら彼は場の雰囲気に敏感のようだ。こう言った男女の鞘当て事情はイギリスでも同じ、万国共通なのだろう。

祥子は寄り合い本来の三社祭りの手配の話など、会合の原点に話を回帰してよいのではと思ったのだが、おばさんの剣幕を見せられて、咽喉（いんこう）が渇いて声が出ない。

皆も同様言葉が出せない様だ。

皆頭の中が真っ白になってしまったのだろう。それ程坂江おばさんの登場は一同にとって強烈だった。


それから少しして区民館のビルの前の道路を消防署の車がゆっくりと通過していく。

「出かける時には鍵をかけてー」と消防車が巡回して注意を呼び掛けているのだ。鍵をかけると言うのは「火の用心」以前の、もっと基本的な生活の注意事項だ。

「何でそんな当たり前のことを、消防車が巡回パトロールしてまで呼びかけるのですか？」

ブルーノは不思議そうにお爺ちゃんに聞いた。

この一言で少し緊張感が解（ほぐ）れた様で一同ほっと安堵の胸を撫で下ろした。やっと話の矛先が変わったのだ。救急車は何ともタイミングのいい助け舟だ。

「世間では当たり前の事でもこの辺りの下町では、いくら警察が注意を呼びかけても、皆鍵をかけないで出かけるんじゃ。だからこうして消防署は不用心だと声をかけて回っている。なにもそんな心配しなくてもなぁ」

とブルーノの質問の方がむしろ意外そうだという顔付きで、お爺ちゃんが答えた。

お爺ちゃんは結構酒の入った、呂律が回らない口調で浅草、下町気質をブルーノに説明し始めた。

それを皮切りにみんなも各々の会話に戻って行った。

それでやっと、場の緊迫感は消えた様だ。お爺ちゃんの表情も緩んで、坂江おばさんにビールを勧めたりしている。

大也はブルーノと話している。彼の住んでいるロンドンから日本まで親善交流のためだけに来るには大変だろうと聞いている。

すると彼は、自分が勤めているユニバーサル貿易の仕事の関係で、今回が初めてではなくちょくちょく日本に来ていると大也に教えてくれた。

この辺りで大也は、酒席が程々盛り上がったと判断したのだろう。ご出席の皆さんに、自分の宣伝をしますと言って、おもむろに席を起った。

「皆さん、ちょっと聞いてください」

彼は宴もたけなわのところで、上座に回り込んで両手を挙げてみんなの注目を促した。みんな出来上がってきているようなので、聞いてくれる人だけ聞いてくれたらいいと思ったようだ。三分の一程の人達が彼の方を向いて、注目してくれているのが分かった。

「えー、皆さんも両国国技館に行った事があると思います。その両国国技館で6月に開催が迫っている「社会人ロボット相撲大会」というのがあります」

「いいぞ、やれやれ!!」

「家の息子も出場したがってた。予選で惜しくも敗退でしたが」

「あはははは っ」

「あのぅ、隠し芸とかじゃないんです。僕が予選勝ち上がって、大会に出るんでその説明とかこの席をお借りして、させてもらおうと思ってですね」

大也は声を張り上げる。

「いけぇ、一発ぶちかませぇ」

やっぱり聞いてない人が多いなぁと祥子は思った。

「あっはい、説明を続けさせて頂きます。今回私、宴大也が開発した新型ロボット「カブト君」が出ます。それでお暇な方はご家族お誘い合わせのうえ、応援に来てほしいかなと、思います」

祥子が聞いている感じでは大也はとっても自信満々の自己宣伝をした様に思えた。

祥子は彼が、いつの間にそんなロボットを作っていたのか、まず不思議に思った。

先日の引っ越しの後、彼に入れてもらってお茶をごちそうになった時、彼の自室にお邪魔させてもらったけど、大会に出すような開発中のロボットの痕跡などは、欠片も見られなかったからだ。

大也の声が聞こえている範囲の人達は概ね好感触で、彼の話を聞いていた。皆時間があったら応援に行くと答えてくれている。


大也がゆっくりと会場を見回すと、彼の話をブルーノまでが興味深く聞いてくれていたのに気付いた。源爺さんと宴座に座って、じっと彼の方を見つめている。

大也は宣伝が終わったところで、肩の力が抜けたのだろうか、さっき座っていた場所に戻って行った。

「まあっ大也のロボット、今年は優勝候補なのかしら？」

と、いつの間に現れたのか、酒席の輪の中に入って来たのは浅草帝竹歌劇団の花形スター、リリー姉さんだ。祥子を見つけて、目を合わせて手を振っている。

リリー姉さんは浅草ローカルだけでなく、歌劇の歌姫として世界的に評価されファンも多い帝竹歌劇団の超人気ダンサーだ。

帝竹歌劇団はこの近くの国際通り沿いにある帝竹劇場を中心に舞台活動をしている浅草の歴史と共に発展してきた劇団だ。その中で断トツ人気なのが、今寄り合いに現れたリリー姉さんその人なのだ。

実は祥子はシェアハウスで毎日のように顔を合わせているが、世間的には彼女が海外公演から帰って来たことを知っているファンの数は少ないだろう。

人気者で毎日が殺人的に忙しい舞台スケジュールのリリーさんが、どこでどう時間を作って花川戸の小さな寄り合いにやって来れたのだろう？

彼女は以前から祥子には、町内会の寄り合いが好きだからと話してくれていたが、こんなにも早く帰国後すぐに、ここに顔を出してくれたのは驚きだった。

祥子は思い返せば、リリーさんは日本にいる時は、時間の許す限り寄り合いの席にも菓子折りやファンの差し入れを土産に、ちょこちょこと顔を出してくれていた。

今日は酒席で祥子達の姿を見付けると、つつっと近寄って来てくれて、何故か大也の真横に座ってビールやワイン片手に話に付き合ってくれる。

なぜかわからないけど、祥子と大也にとって、超美人の世界的人気ダンサーが知り合いで、しかもこうして大也は親しくしてくれると、周囲の羨望を一点に集めて、彼の表情は満更ではない感じだ。

リリーさんは大也の席の隣にちょこんと座り、ロボット大会の話題に興味深々の様子で、話を聞きたがっている様子だ。

「行きたぁい、大也それ私も応援行ってあげる。ロボットの名前なんて言うの？　ダイヤモン？　ダイニャン？」

「それじゃまんま妖怪が出てくるゲームキャラクターの名前でしょう」

大也が苦笑いでそう答える。

その後もビールを開けながら、彼に陽気にあれこれ質問している。

その後、リリーさんは大也とブルーノの間に、ウイスキーのボトルを抱えて移動していった。

大也とブルーノの間に座ったリリー姉さんを見た祥子は、ブルーノの様子が少しおかしいことに気付いた。

彼女が横に座った途端、ブルーノの全身に電気が走った様に背筋がピンっと反り返ったのがわかったのだ。しかも座が狭いせいかリリー姉さんの肩がブルーノの肩にちょっと触れたりすると、その度に彼の顔が真っ赤になっていく。

これは酒のせいではない。彼はリリー姉さんに電撃的に一目惚れしたと祥子はわかった。

大也はリリーさんに聞かれるまま、得意になって自作のロボットに比較的自由な二足歩行をさせるための発明「振り子型三半規管」の説明を始めた。

その話を興味深く聞いてくれているリリーさんと、そのすぐ隣で真っ赤になって固まっているブルーノは何とも言えない対比だ。

彼はもはや大也の話なんて上の空の顔をしている。

呆けた表情でリリーさんの顔をじっと見詰めている。

祥子は顔の筋肉が緩むと鼻の下が伸びた様な顔になるなと思ってブルーノの顔を冷静に観察してしまった。

リリーさんに会えて安心したせいなのか、先程のお爺ちゃん夫婦の緊張から解き放たれたせいか、大也は全身に急速にアルコールが回り始めたようだ。

彼は顔と全身がぽぁっと暖かくなっているようで、とってもハイになってきた表情をしている。

大也は今日初対面のブルーノが、赤い顔をして俯いているのが妙に可笑しくて仕方がなくなってきていた。大人なのに酒席で隣に座った女性に、声がかけらんないなんて。

祥子もそういうブルーノの態度がとてもシャイに見えた。純真な青年なんだと思った。


その時、今日の車屋の仕事が引けたタイミングなのか、「人力社中」の藤原達若い衆がどやどやとやって来て、お爺ちゃんの周りに座った。

皆が来たお蔭で元気を取り戻したお爺ちゃんが其々に酒を継ぎ始めた。

お爺ちゃんもかなり酒が回って来た様子で、呂律が回ってない口調で大鳥居家の御先祖は、平賀家などという話を孫達に語り始めている。

多少リリー姉さんとのファーストコンタクトショックから抜けたのか、ブルーノがその会話に加わろうとして、お爺ちゃん側に向け、畳の上をにじり寄って行く。

「平賀って言うと日本人なら誰でも聞き覚えがあるのはやっぱり、元禄の偉大な発明家、コピーライターにして何でも屋の平賀源内先生ですよね」

と藤原がお爺ちゃんの話を繋ぐ。

「そうじゃ、ワシら平賀家はその正当な血筋を受け継いでいるのじゃ。家系図もあるぞう。最もそれは後から子孫の口伝を元にして作られたそうで、たいして正確なもんじゃない。信憑性はそれほどないんじゃが」

「そんな事ないと思う。家系図は製作者がわかってる事が重要でしょう」

とリリーさんが応援する。

「確かにそうじゃ。我が平賀家が源内公の正当な血筋には変わりはないのじゃから」

と我が意を得たりと源じいさんが言う。それにブルーノが頷いている。

「源内先生は晩年、アル中になって牢獄で不幸な生涯を閉じられたと聞きますが……？」

ブルーノからお爺ちゃんにその質問が出た途端、彼の顔がさっと曇ってしまった。俯いて拳を握りしめ、悔しさを噛みしめている表情に見える。

それでもその悔しさを噛みしめるように、ぽつりぽつりと話し始めた。

「御先祖様は幕府に敢えて汚点を作られた。世間に対して生涯アル中の山師を演じ切ったんじゃ。幕府に着せられた不名誉なアル中の山師のレッテルを生涯死ぬまで甘んじて受けられたのだ。沈黙のまま牢獄の中の死を受け入れたんじゃ。その悔しさ皆にわかるまい!!」

祥子は黙ってお爺ちゃんの話を聞いていたが、またおかしな方向に話が逸れているんじゃないかと、心配になって来た。

お爺ちゃんの言うとおりだとすると、平賀源内が晩年牢獄で過ごしたと言う逸話は幕府の作った創作という事になる。そんな話、祥子は聞いたことない。江戸幕府が、年取った源内に山師の汚名を着せるなんてするんだろうか？

祥子はどう思うという視線を大也に投げかけた。

大也はすっかりアルコールが回ってハイな気分になっている様子だ。お爺ちゃんの話なども はや聞いてもいないようだ。

祥子はもうそれ以上、お爺ちゃんの事、大也の事を心配するのは止めることにした。酔っ払い相手に阿保らしくなったのだ。そこで手近かなグラスに手酌で1杯ビールを注いで、一気に飲みほした。そのくらい飲んだってそれまでは、膳の上げ下げを手伝って忙しく立ち働いていたから、アルコールなんて回らない。いたって素面のままだ。

その祥子の冷めた視線に見つめられたまま、畳の上で大也は深い眠りに落ちていった。

大也はいびきをかいて、畳の上で丸まりリリーリリーさんはブルーノをからかいながらボトルをラッパ飲みしている。お爺ちゃんは坂江おばさんにお酌している。

皆を見渡した祥子は「私も飲まなきゃぁやってらんない」と言って、近くに置いてあった紙コップを差し出した。その紙コップに近くにいた誰かが素早くビールを注ぎ込む。

こうして区民館の町内会寄り合い打ち上げの夜は更けて行った。

# 第五章　女神様を目指して草むしり

祥子は庭の雑草を夏が来る前に、きれいに駆除しておかないといけないと思っていた。彼らが梅雨になって、水分を貰い、夏の太陽の下思いっきり葉を広げていったら、手が付けられなくなるだろう。今のうちに根っこごと、それこそ根こそぎにする必要があるのだ。

5月になった「人力社中」の休みの平日、祥子はスコップとか植木ばさみ、軍手など一式雑草駆除世用品を揃えて、庭に出る準備をしていた。

洋服も汚れていい様に、作業用のジーンズに長袖のTシャツだ。一人でやるのは大変なので、誰か住人が起きてこないか居間で、少しの間様子を見ることにした。

まず、大家さんの大也はどこに行ったんだろう。彼は一緒に草むしりをする管理責任があると祥子は思った。第一ここまで伸ばし放題雑草達を自由に蔓延(まんえん)らせたのは、全て大也の判断だ。

もうすぐ十時になるが、彼は今日こんな時間までお休みなんだろうか？

祥子は居間のソファから立ち上がって、大也の部屋に行って見た。扉をノックして様子を見る。何の反応もない。

もう一度、強めにノックをして見た。全く応答がない。

そこで、祥子は意を決してドアノブに手を掛けると、鍵は掛かっていない。

「入りますー。大也君、起きてください」

めんどくさいから、そう言ってドアを開けて中を覗いて見た。

誰もいない。ベットの毛布も畳まれている。どうやら既に出かけたようだ。外出に彼女が気付かなかったという事は、七時より前早朝に、シェアハウスから出かけたという事なのだろうか。

それとも以前、欣也さんが言っていたように、彼はもしかしたらこのシェアハウスの中のどこかにいるのだろうか、それはわからない。

いるなら庭で雑草の大掃除とかしていたら、そのうちに彼は何処からか現れて来るに違いない。

祥子が居間に戻って座って考えていると、住人が一人階段を降りて来た。足音は男性だ。

彼の後を追って、軽い足音が階段を駆け下りて来る。という事はワビは昨夜、その人のところで寝ていたのだろうか、と祥子は思った。

まだ、就寝時に祥子の部屋にはワビは来てくれたことはない。むろん布団の上とか中に入って来たこともないのだ。

「あの子はメスだから、男の人のベットがいいのかしら、いやいやそんなことはないでしょう。私、美味しい缶詰とか買って来て、何気にあの子には貢いでるもん」

と祥子は思い直した。

でも、猫は自分の気持ちで行動する。多分に気分屋のところがあるのは祥子だってわかっている。

だから、自由な行動を束縛したりすると酷く嫌がられるのは承知している。

抱き方ひとつとってもそうだ。変な抱き方をする人には抱かれないで、腕の中からすり抜けて飛び降りてしまう。

そんな事を考えてると、足音の主はそのまま祥子の座っている居間のシートの横まで歩いてきた。

「おはようございます。先日からこちらに引っ越させていただきました大鳥居祥子です」

「俺は三星浩太郎。インドから来たんだ。インドでの名前はラメッシュと言う。インド神話ラーマ・ヤーナ神からいただいた名前です」

「そうなんですね。宜しくお願いします」

「ここに誰か引っ越してきたのは聞いてたよ。君だったの、よろしくね。三星って言っても仕事は料理人とかじゃないよ。料理は好きだけど、食べる方専門」

そう言った彼の足元に走り込んできたのはワビではなく、なんとハクだった。

ハクも人のベットで寝るんだ……。

一瞬驚いて、その事の方に祥子の意識は集中した。目の前に立っている三星さんに挨拶を続けないといけないと、慌てて思い返す。

「あっ私は車屋さんで働いてます。あの人力車引いてます」

「浅草の観光スポット巡りとかのね。分かる」

「失礼ですが、三星さんのお仕事とかも、教えていただけますか？」

祥子はシェアハウスにいる住人には、全員に興味があった。

彼らの事を知るには、まずは彼らのお仕事を聞いてみるのが一番だと思った。ここには現在学生とかは住んでいないようだ。

「俺は運転手、タクシーじゃないよ。水上バス。ヒミコやホタルナって知ってる？」

「知ってます。吾妻橋の袂から出てる遊覧船ですよね。私地元っ子ですから何度も乗ったことあります。中が宇宙船みたいで未来的なんですよね」

「ホタルナの方がデッキがあって見晴らしがいい。それからとっても頑丈に設計されてる船でさ、水被っても、津波とかきて、水中に沈んで水圧掛かっても壊れたり、水漏れしないように出来てるんだ」

「へー凄いんですね。最新技術を駆使した水上バスって感じですね」

「デザインがなんといっても未来的だよね。それは船内にも言えてる。昔ながらの屋形船もイカスけど」

「はい」

祥子は思わず三星の話に聞き入ってしまった。

「ヒミコ、ホタルナ共に操縦系はほぼ一緒かな。まずヒミコが完成して、豊洲までのルートの開通式の時には、設計者の漫画家の松本零士（まつもとれいじ）さんがいらっしゃって、俺達は目の前で祝辞をいただいたんだ。そうそう俺、最初っからヒミコの運転手してるんだよ。あはっ年がバレるか」

「凄いですね。私の人力車のお仕事は先月からなんで、仕事では私まだまだ見習いなんです」

「これからだよね。ところでそこで何してんの？」

少し話してると祥子は、三星という若者はとっても爽やかな好青年だと分かった。

髪型はショートカット、目は細くて切れ長、鼻筋は通っている。身長は１７５センチくらいでやせ型だ。服装はジーンズにTシャツと小ざっぱりした感じだ。

「これから庭の草取りをしようと思って、誰か来ないかなぁって」

「そう、それで俺の方見てたんだ。いいよ、一緒にやる。今日非番だし、手伝うよ」

「ほんとですか、嬉しいです」

「よっしゃ、俺もなんか着替えて来ようか。この服汚れてもいいしやっぱ、このままでいいか」

「はい、ところで大家さん、大也君は見かけないんですけど、知ってますか」

「ああっあいつ最近少し遠くで見たなぁ」

「遠くって？」

「日本橋の袂とか」

「何してるんでしょうか？」

「スケッチブック持って歩いてた」

「またですか」

と祥子は言った。祥子が初めて会った時の浅草駅をスケッチしていた大也の姿を思い出したのだ。

「その時は、なんか日本橋は美しいとか、日本最高の橋だとか言ってたけど」

「さぞかし彼、スケッチして感動したんでしょうね」

「日本橋が日本にある橋の中で最高に美しいという評価は、一般的で定評だよ」

「そうなんですね。日本中にたくさん橋はあるのに、その中で日本橋こそ一番なんですね」

「大也は他にも、両国の方に向かう突堤とか、築地の本願寺とか、ヒミコの運転中に見かけたな」

「築地本願寺って、あのインド風建築の建物ですね」

「そうなんだよ、やっぱり大也のヤツ若いのに酔狂な奴だよな」

「私も彼、かなり変わってると思います」

「それはそうと、草取り始めよう」

「はい、私ゴミ袋出して庭に降りて、手近な所から始めます」

「一応、庭を掃除する件については、祥子ちゃんの方で大也の許可は取ってるんだよね？」

「以前それは取ってます。取ってるどころか、やる日にはきちんと手伝ってくださいと念を押してたんですが……」

「そう言っても、いなくなっちゃったらもう仕方ないよ」

「そうですね」

「そうだ、ハク、昨日はどこに行ってたんですか？」

「僕の布団に潜り込んできた。少し夜半に寒かったんじゃない」

「いいなあ」

「祥子ちゃんは動物好きなんだ」

「京都に住んでた頃、狸にエサやってました」

「その狸は慣れたの？」

「一向に慣れませんでした。アパートの窓ガラス越しのお付き合いで終わってしまいました」

「ここにいたら、そのうちハクが部屋に遊びに来てくれるよ」

「そうだといいんですけど。いえ、そうなるように頑張ります」

「頑張らなくても、来るよ」

「ほんとですか！」

「にゃあう」

祥子がハクのことばかり気に掛けているのが、聞いていてわかったかのように、いつもこの時間は日向ぼっこをしているワビが、庭から上がって、座っている祥子の膣に体を擦り付けて来る。マーキングのような行動だ。自分の存在を主張しているのだろう。

　祥子は足元にまとわりつくワビに向かって言った。

「どうしたの？　ワビだって今まで私のお部屋に着てくれたことないよね。それなのに今日は私と仲良しなの？　いいでしょう、今までの事は水に流しましょう。その代わり今日は私のお部屋においでね」

「にゃあう」

「またそうやって、誤魔化す。ほんとにその気あるんですか？」

「にゃあう」

「いつまで猫と話してんの、日が暮れちゃうよ」

　と先に庭に降りた三星が声をかける。

「はい、はい、やります。やります」

「草どんどんむしって行ったら、草むらの奥になんかの動物の巣とかあったらどうする？」

　と三星が次々に背の高い雑草を、根元から引き抜いてゴミ袋に入れながら、祥子に尋ねた。

「私が大家さんなら、いつからここに無断で住んでた。家賃よこせってその子達に言いますね」

「あははは っ」

「でもホント、これだけ藪が深いと、この先の方怖いですね。不安」

「そう言えばさ、この前さぁ、ニュースで出た野生のアライグマの子四匹を拾っちゃったどこかのおばさん可哀そうだったね」

「そのニュース知りません。いったいどんな話なんですか？」

「叔母さんがまだ小さい野生のアライグマを、四匹拾って育てていたんだって。そしたらアライグマは害獣だから飼ってはいけないことになってるという事で、近所の善良な住民の誰かに通報されちゃってさ」

「それで？」

「それで、警察が来た時、おばさんは「お前達逃げて」と言ってアライグマを急いで逃がしたんだけど」

「ふえーそれでどうなったんです？」

「もちろん、アライグマは捕まって殺処分。逃がしたおばさんは飼っていただけでも罪なのに、余計罪が重くなっちゃったんだ。全く可哀そうな話さ」

「それって酷い。とっても酷くありません。動物園とかに引き取ってもらえなかったんでしょうか」

「飼っていたこともいけないから警察に捕まるのは仕方ない。それでもアライグマを拾ってあげて赤ちゃんの時から育てたのに殺されちゃうのは、おばさん可哀そう過ぎるよ。僕もそのニュース読んだ時、何だこれって思ったよ。ネットで報道されてた有名な事件なんだけど」

「そんなことあったんですか……」

祥子は、聞かなけりゃよかったと思い、少し暗い気持ちになった。

「アライグマって見た目より、気性が荒いみたい。噛まれたりしたら大変なんだって」

三星が補足するようにそう言う。

「そうなんですか」

祥子の声のトーンがさら暗くなる。手は動いてもくもくと雑草をゴミ袋に押しこみ続ける。

「野生動物を飼うときは、法令とかに気を付けないとね」

「それだとハクビシンとかはどうなんですか？」

祥子は思いだしたように、ここに住んでるハクが、危険なのでは心配になって来た。

「あっハクは屋根にいるから、外からでも見つけられるからね」

「しー声が大きいですって、三星さん」

祥子はもしかしたら、ハクビシンもアライグマと同等の扱いなんじゃと、にわかに不安な気持ちになってしまった。

「あれは大丈夫みたいよ。ハクビシンはずいぶん以前から日本で繁殖が目撃されているから多分在来種扱い。現在は法令としては外来種か在来種か決められていないみたい。でも場所によっては、外来種として捕まってる」

「えっ通報されたりしたらどうしよう」

「そん時はそん時だよ。逆にハクビシンは一時期、天然記念物の指定を受けてた期間もあったんだ」

「ハクビシンが、ですか？」

「そう、そう。なんか適当だよね」

話しながら、三星は徐々に元は花壇だった女神様の噴水の方向に道を切り開いて行った。彼がむしり取った大物の雑草を、祥子は植木ばさみでおおよそ30センチ以下に切り、それを、ゴミ袋45リットルに次々と手早く放り込んでいく。

少しすると二人とも全身汗ばんで、息が荒くなってきた。無理な体勢で意外に手足に力を込めるせいだ。はたで見ているほど草むしりは簡単な作業ではない。

どちらかというと激しい労働の部類に入る。

それでも祥子は、作業を続けながら話も続けた。

「駆除対象とか、害獣とかだと、狸はどうなるんです？」

「狸ねえ、田畑に昔っからいるし、脅かさないと人を噛んだりしない。そんなに迷惑はかけていないよね。別に駆除対象ではなかったはずだけど」

「そうなんだ。わかりました」

「何が？」

「ここの屋根の上に住んでるのは、狸という事にしましょう」

「俺はいいけど……。今日からハクは狸か、あはははっ君って面白いね」

「狸です。それにハクは檻に入れたりしてないから、自由に出入りできるし、飼ってません。エサやるだけだったら、飼ってるとは言われませんよね。それでいいんですよね？」

「そうだよね。害獣だって外来種だって、飼ってないなら問題ないはずだよ。責任取らされるのはあくまで人間が檻に入れて、指定動物を飼ってた場合だから」

「それじゃ決まり、屋根に勝手に住んでた狸に大家さんが、たまにエサをやっていただけという事で」

「なんか不自然だなあ、そうじゃない？」

「全然そのくらい普通ですよ」

「随分雑草の茂み、引っこ抜いたけど、どうか動物の巣とか出て来ませんように」

「右に同じです」

そんな事を言いながら、二人はひたすら雑草の茂みを処理し続けていった。

祥子は全身汗で気持ちが悪い。軍手をはめている両手はドロと雑草で汚れているので、肘で顔の汗も拭えない。

その上、もう5月になるとやぶ蚊の出始める季節だ。

長袖のシャツとか着こんでいても、無防備な首筋の後ろとかTシャツの上から、容赦なくやぶ蚊が攻撃を仕掛けてくる。いきなり住処を荒らされて、反撃に出たようだ。

二人は草の茎から広がる葉を小さく切って、それをまとめて次々にゴミ袋に入れて行く作業を続けた。その傍らで、繰り返し襲い掛かって来るやぶ蚊の猛攻と戦わなくてはならなくなっていた。

「お二人さん、ご苦労様、虫よけスプレー見つけて来た」

そう言って、祥子の後ろから声を掛けてくれたのは欣也だ。

「わぁ欣也さん、助かります。両手が泥だらけなんで構わないから、後ろから私にスプレー掛けちゃってもらえますか」

「おおっいいよ。それじゃ祥子ちゃん、ちょっと立って」

「はい」

「三星君もこっちに着て。ちょっと立ってください」

「すみません。ありがとうございます」

そう言って三星も立ち上がって、欣也の向けるスプレーの前でゆっくりと一周回った。

「なんか、二階から見たら二人で珍しい作業してるんで、部屋に遭ったこのスプレー持ってきたんだよ。これからの時期は庭の手入れにはこれは必須でしょう」

「ありがとうございます。まだやぶ蚊の時期には早いかと思って、隙がありました」

「いいから。同じシェアハウスの住人だ。俺も手伝うよ。手伝うというか一緒にやる」

「助かります。男性が二人いれば、もうそんな時間はかからないでしょう」

「どうなの、ここ一旦引っこ抜いて綺麗にした後は、除草剤とか撒いちゃったら？　この後の面倒はなくなるんじゃない」

「そうですね」

と三星が答える。

「でも、動物とか飼ってるんで、除草剤は使っても大丈夫なんですか？」

と祥子は心配そうな顔で、欣也を見詰めた。

「そこまではわからない。やっぱり最終決定は大也に決めてもらおう。ところで彼はどこ？」

「それが朝からいないんですよ」

「俺、あいつ見たな。遊就館とか湯島聖堂とかで」

「それっていつ頃ですか？」

「ここ最近、1カ月以内」

「欣也さんて仕事、確かスカイツリーの窓拭きでしたよね？」

「そうだけど、何か？」

「大也が遊就館に行ったとか、誰からか聞いたんですか？」

「いや、聞いてない。俺が見つけたんだ」

「え？　もしかして」

「そう、スカイツリーのバイトの休憩中に、上空から下見てたのさ」

「凄い視力ですね」

「俺はモンゴルの遊牧民並みには、見えてると思う」

「それで、あいつがスケッチブック持って、いつものバックパック持って歩き回ってるの見つけたんだ」

「はあ……そうすると私とか、もしかして見られてますか？」

「昨日谷根千辺りで、お客さん降ろした後へばって座り込んでたよね。人力車は形が車と違うから、上からでも比較的見つけ易いんだ」

「ぎゃ、見られてた。だって上野は坂が多くて、お客さん降ろしたら、完全にへばったんです」

「見てたよ。その後お茶屋さんでなんか食べてたでしょう」

「はい、白玉あんみついただきました」

「あそこの美味しいよね。店の建物が文化庁の無形文化財に指定されてるし。角地だから上空から探すの楽なんだ。目立つしさ」

「怖い、浅草ではめったなこと出来ませんね。どっかで欣也さんが見てるかもしれない」

「たまたまだよ。仕事中は窓の方ばっかり集中してるし、休憩の時間の昼間だけさ」

その時だ。

「あっ出た。これが噴水の女神様」

1時間ほどジャングルのように伸び伸びと生い茂った雑草と格闘を続けるうちに、庭の柵でくくられた小庭園のほぼ中央に鎮座している、噴水の場所まで三人は遂にたどり着くことが出来た。

そこには大也の言っていた身長20センチほどの女神様が壷を持って、そこから今も尽きることのない水を生み出し続けていた。

もっとも枯れた雑草が、雨風で彫刻の表面に付着して洗浄用のブラシで擦り、綺麗に洗わないと元の美しい姿には戻れそうになかったが。

「危ない、雑草の固まりかと思ったよ」

と三星がその噴水を見つけて、思わず驚いた声を上げていた。


雑草の清掃は2時間ほどの戦いで、なんとかまとめることが出来た。

祥子が心配していた何か小動物の巣があるという事はなかった。靴や衣服が半分土に埋もれて見つかったのは、ここに住まわれていた浮浪者の痕跡だったのだろう。

ついでにと中庭だけではなく、玄関や屋敷の周囲もみんな雑草取りを済ませてしまおうと祥子が提案し、二人は軽く賛同したので、中庭に続いて周辺の清掃も終わらせた。

「これでおしまいです。ご苦労様でした」

そう言って、祥子は玄関の横に積み上げたゴミ袋の数を数えた。なんと25袋あった。中には雑草や樹木の枝を切り取った生木を詰め過ぎて、既に半分爆発しているゴミ袋も見られる。

ガムテープで早く補強しなければと、祥子は思った。

「こうしてみると、俺達よくやったよなぁ」

と袋の積み上がった壁を見て、三星が言った。

「お手伝いありがとうございました。お二人にはお礼のお菓子を用意しています」

「手際がいいね。祥子ちゃん」

「実は私じゃなくて、リリー姉さんがみんなで召し上がってくださいと渡していった和菓子です」

「そりゃあ、期待できるな」

「お茶いれよう」

そこで祥子が出してきたリリーの置き土産は、長命寺の桜餅だ。

桜餅は長命寺の創業者が大岡越前が町奉行になった享保2年、土手に咲いた桜の葉を塩づけにして用いたのが始まりと伝えられている。墨田堤の花見客に大いに喜ばれ広まって行ったそうだ。長命寺の桜餅は桜の葉が三枚も使われている。葉っぱを食べる派の人でも長命寺の桜餅は二枚は捨て、一枚を食べる人が多い。現在桜餅に使われる葉は、餅の乾燥を防ぐためで大島桜の葉が多いとされている。その理由は毛がなく芳香成分を多く含んでいるからだ。

ちなみに現地のこあがりで食べると、お茶付きで３００円とお手軽だ。だだ、最近は大人気のため花見の季節には完全に予約制になる。もはや手軽に手に入るものではなくなってしまったのだ。

祥子も一ついただいた。

「美味しい、やっぱり老舗のお味は最高ですね」

にっこり笑って、祥子は二人に感想を言った。

「美味い」

「いける」

二人はそれぞれ桜餅を口に運ぶのに忙しい。葉っぱは三枚とも食べている。

二人は働いた後のせいか、うまいうまいと五人分の桜餅を一気に平らげてしまった。

リリーはそのくらいの人数がいないと、雑草の処理は片付かないと読んでいたようだ。

彼ら二人の機動力は半端ないと祥子は感じていた。

その分お腹も減るのだろう。

祥子は二人より先に、シャワーを使わせてもらい、汗を流して部屋に戻って、着替えをした。

せっかくの休日を有効に過ごそうと思い、買い物に出ようと服を選んで、これから出かける用意を始めた。

その時清掃の雑談で、欣也が二人に教えてくれた大也の目撃情報を、夜になったら自室でもう一度地図上で検証してみることにした。

その目撃情報は祥子から見ると一見して、何の脈絡のない場所だ。しいて言えば古い建造物があるのでそれが目標になるのだろうか。建物のスケッチに興味を持って、歩き回っているという事なのだろうか。

それだけにしては、大也の行動が熱心過ぎる気がした。

# 第六章　三社祭

祥子には気になったことがあった。それは最近大也が頻繁に出歩く目的だった。

どうやら祥子がネットで調べてみると、浅草近辺で大道芸を出来る場所は決まっているらしい。そこは観光地の近くで有名な場所ばかりだ。そこと大也が最近歩いたり、欣也と三星に目撃されている彼がスケッチしている場所は、かなり離れている。

という事は、大道芸が目的の遠出ではないという事だ。

欣也さんが言っていた大也を見つけた場所「遊就館」、そして「湯島聖堂」はそれぞれ祥子が浅草に住んでいて名前くらいは聞いたことのある建物だが、これと言って彼女が過去に興味を持つとか、足を向けたことは今まで一度もない場所だった。大也の興味は建築物なのか。

何となく気になって、地図でその場所を調べたが、何もわからない。

「遊就館」は、靖国神社の敷地内にある。そこは神社の祭神ゆかりの戦争関係の資料などを集めた宝物館のようだ。「湯島聖堂」は、元禄3年五代将軍徳川綱吉によって作られた学問所だが、関東大震災で一部が消失して建て直されたとある。

調べてはみたのだが、どちらもなんとも、祥子の興味を引くものはない。

それよりも欣也の視力というか、そちらの方が気になり出したりした。

実は欣也は、仕事の合間の休み時間にどこか高い所から浅草近辺を望遠鏡か何かで、いつも見回しているんじゃないかと祥子は思ったりした。

それだと浅草ストーカーという事になるが、それはそれでなんとスケールの大きいストーカーなんだろう。

そんな時一つ気付いたことがあった。それは二つの建造物の共通点、建造物を作った建築家の名前だった。

伊東忠太（いとうちゅうた）、それが建築家の名前だ。

湯島聖堂の設計者でもあった。１８６７年生まれで、１９５４年に亡くなっている。明治に生まれて太平洋戦争後まで生き抜いた人物だ。彼は日本に限らず、多くの建築物を手掛けた建築家だと本には書かれている。

彼の最も大きな特徴としては大の妖怪好きで、彼が手掛けた建築物には妖怪をなぞらえたモチーフが多々使われているという事だ。

それならばと、祥子は三星が言っていた日本橋の設計者も調べてみた。伊東ではない、妻木頼黄（つまきよりなか）とある。もっと日本橋が今の形になったのは伊東が活躍した時代より古い明治

44年だ。

大也は別に伊東忠太の建造物を巡っていた訳でもなさそうだと思い直した。考えていてもきりがない。こうなったら、直接大也に何をしているのか聞いてみるしかない。祥子はそこで、一旦はそう決めた。

しかしその後考えてみると、どうせいつものように大也に話題をはぐらかされるに決まっていると、思った。

大也は自分からしゃべる気にならないと、徹底的に話さない人なんじゃないか。祥子はそんな気がしていた。

彼が最近浅草近辺を歩き回っている目的は何なのかを教えてくれるなら、もうこれまでに祥子が居間で彼に顔を合わせた時に、そんな話をしてくれるチャンスは何回でもあったからなのだ。

彼とは知り合ってから、そう時間が経っている訳ではないのだが、最近の大也の行動の意味を考えると、祥子はいつも消化不良で何かじれったい気分になってしまっていた。

下町に初夏の訪れを告げるのが、三社祭だ。

三社祭は江戸の三大祭りの一つに数え挙げられ、全国的にも有名な祭りだ。1カ月ほど前から、花川戸の寄り合いは、この話題で持ちきりになっていた。

浅草氏子四十四ヶ町の町内神輿は約百基ある。もちろん花川戸にも神輿はあり、祥子も高校生までは自分の町会の神輿を担いでいて慣れたものだった。だが、祥子は大学を卒業し、地元に凱旋した今年こそは、三基ある本社神輿を担ごうと狙っていた。

三社祭は大規模な祭りで観光客の数も多く、浅草近辺は祭り一色に染め上げられる。


そんな祭りも最終日を迎え、祥子は大也やリリーさん達と浅草六区のブロードウェイで合流した。ここはかつて日本の中心の繁華街だったところだ。だから東武浅草駅ではなく、つくばエキスプレスの浅草駅こそが本来の浅草駅に相応しい場所だったのだ。

浅草六区にある洋食屋さんに入り、祥子がお腹が減っているという事なので、まずは空腹を満たし、その後シェアハウスのメンバー二名も加わって、焼き鳥で三社祭の打ち上げという趣向だ。

まずは、ボリュームのあるステーキで腹を満たそう。

ここのお店はネットのレビューなどを読むと、オムライスの美味しい店と書かれて星4つ付いたりしているのだが、それは観光向けだ。地元民はここではチキンカツやカツサンドを注文する人が多い。

その例にもれず、祥子はがっつりステーキをいただいた。

「盛り上がったね、今日も三社祭」

「とりあえず、乾杯はこの後のホッピー通りに取っておいて、僕はカツライスといこうかな」

六区ブロードウェイより一本伝法院庭園に寄った裏通りが、ホッピー通りと呼ばれている飲み屋街だ。観光ガイドには「煮込みストリート」とか書かれている場合があるが、ここは地元ではホッピー通りなのだ。

20年ほど前は客層は高齢者ばかりの通りだったが、最近は観光客、外国人、若者と誰でも来るようになって昼間から賑わう通りになった。浅草に来て、心置きなく飲んだくれたいならここがお勧めだ。

「私、ステーキ」

「私ビーフシチューいただいちゃおうかな」

とリリーさん。

こうして三人のメニューが決まり、デザートの注文も済ませた。

「私、4年間三社祭はお休みしてたから、今年は神輿を担いで思いっきり発散した感じ」

祥子が祭りの感想を興奮気味に話す。

「京都にもお祭りは多いでしょう」

祥子にそう聞いたのはリリーだ。

「そうだけど、大学の課題もあって、京都の祭りは参加するって感じじゃなかったな」

「そうなんだ」


三人はそこで十分に空腹を満たして、ホッピー通りに向かった。

その日は祭りの最終日とあって、街中はどこの裏道に至るまで、内外の観光客や地元のお祭り衣装の人達で賑わっている。その賑わいは、このまま深夜まで続いて行く。

ホッピー通りには、三星、欣也が先に来て、通りに連なっている店の中の一軒の表に出ているテーブルで、既に一杯空けていた。

「ずるいぞ」

二人とも既にアルコールが入っているのを見て、リリーさんがそう言って店員に、かけつけでワインを注文した。

ビールの乾杯は、すっ飛ばした感じだ。

欣也さんがテーブルマジックを見せてほしいと、大也にせがんだ。

大也はいい調子になって、バックからトランプのカードを取り出した。

真新しいトランプを封を開け、慣れた手つきでカットしていく。

するといきなり彼は手が滑ったのか、カードをその場に弾き飛ばして散らばしてしまったマジシャンとしては大失態だ。

「あれれっ、すみません。僕はまだ酔ってないはずなんだけど」

そう言って、大也はみんなに向かって頭を下げた。

「申し訳ありません。そこでお詫びと言っては何ですが、ここで別のマジックをお見せします。皆さん一瞬だけ目をつぶってください」

「目をつぶるの、また失敗しないでよ」

リリーが笑いながらそう言って、目を閉じた。残りの三人はそれぞれ大也の言葉に従って、半信半疑で目を閉じた。

「一と数えて、もう目を開けていいですよ」

大也がそう言ったので、四人はすぐに目を開ける。

するとどうだろう。先程シャッフルを失敗してテーブル中に散らばったトランプが、その一瞬できちんと片付けられて、テーブルの中央にまとまって積まれているのだ。

「お詫びに急いで片付けました」

大也がそう言って、右手を胸に置いて軽く一堂に頭を下げた。

これは、新種のテーブルマジックだ。

「どうやったの？　52枚のカードがバラバラにテーブル中に散らばってたのに」

「それがマジックです」

「もう一回」

祥子が大也にせがむ。

「もう一回はないって」

大也がはにかみ笑いで祥子に答える。

「ずるい、心の準備が出来てなかったんだもの」

店の店員は笑いながら、祥子の文句を聞いている。

「それじゃぁ次のマジック」

そう言って大也は当たり前だが、手品の種を明かすことなく、次々とテーブルマジックで祥子たちを楽しませてくれた。

その指先の動きの流れるように優雅でキレのある動きは、さすがは大道芸で観光客を唸らせているだけあるな、と改めて祥子は思った。

「こんにちはー甘いメロディ、演歌は一曲いかがですか？」

そう言って、ビニールののれんを分けて、ギターを片手に店に入って来た人影は、そこに座っている五人のよく知った顔だった。

「ジィーロじゃない、元気？」

そう言ってリリーがまず声を掛けた。彼女は帝竹の劇場でも彼とは顔馴染の間柄で、彼の澄んだ声質を帝竹のプロデューサー達数名は高く評価している。リリーとは以前舞台で共演したこともある。

「皆さん、三社祭お疲れさまでした。どうです一曲」

「美空ひばりの『お祭りマンボ』か『車屋さん』やって」

「はいよ」

そう言って、特に曲のフレーズを考えたり思い出す様子もなくジィーロは前奏から歌詞を全て軽妙なリズムで拳を利かせて歌い挙げていった。

店の中は、彼の登場で大いに盛り上がる。

曲を二曲歌いきると、流石はジェーロと祥子たちは惜しみない拍手を送った。


その日は煮込みと焼き鳥を肴に、ビール、ワイン、日本酒と次々に酒がテーブルに並べられた。支払いはリリーさんがみんなに心配しなくていいと言ってくれたので、せっかくのお言葉に甘えて祥子も他の三人も心置きなく酒を飲みあかした。

祥子は恐縮したが、おごりという言葉の魅力には勝てない。

「お客さん達、そろそろ閉店です」

店長にそう言われた五人は、リリーさんにお勘定を任せ、さっさと店の外に出て、揃って頭を下げて、リリーにお礼を言った。

「ごちそうさまでした！」

そこで大也が急に用事を思い出したとか言い出し、先に帰っていてくれと言い残して一人さっさと東武浅草駅方面に消えていった。

こんな時間にどこに行くんだろうと、祥子はいぶかしかったが、詮索はしないことにした。

久しぶりにいい酒を飲んだ後なので、大也の気まぐれに心配させられるのはごめんだと思ったのだ。変に考え込むと、後で悪酔いしそうだ。

「私も、忘れ物したから帝劇の控室に戻るね。みんな先帰ってて」

そう言ってリリーは明らかに千鳥足なのに、一人闇の中に大也の後を追うように消えていった。

「大丈夫なのかな、リリーさん」

「いつもあのくらいの量は飲んでるって言ってたから、そんな心配することもないと思うけど」

「それでも今日のお酒はちゃんぽんだったから」

祥子はリリーのことが、その時何故か気に掛った。しかし付いて行く口実もなかったので、あきらめてそのままシェアハウスに帰ることにした。

「やっぱりホッピー通りの煮込みは最高、ボンジリは塩だとな。塩に三星を挙げよう」

と三星が言った。

「美味かった。リリーさん最高です。僕たちはホッピー通りで焼き鳥奢ってもらえるなら、一生あなたファンです」

そう冗談言ってリリーの去っていった方向に手を振っているのは欣也だ。

「調子のいい事言っちゃって、さっさっ帰るよ、花川戸へ」

祥子は、肩を組んでふらふらと左右に方向の定まらない二人を置いて、さっさと帰りの道を歩き出した。

# 第七章　両国国技館でロボット大会

それから2日して、両国国技館で開催される「社会人ロボット相撲大会」の日がきた。

祥子は先月の町内会の寄り合いで、自己紹介した大也が急に6月に控えたロボット大会の出場発表をした事に、かなり驚いていた。

大也が日頃から見せてくれているパントマイムや手品みたいな大道芸と理系のロボット工学は、結びつかない気がしたのだ。

そんな畑違いの事まで、大也は出来るのだろうか？

祥子は仕事から帰って、シェアハウスの居間で紅茶を片手にくつろいでいる大也を見つけて、そう聞いてみた。

「そんなことないって、僕はイギリスの大学では工学部に在籍していたんだ。有線作業の端末メカの操作くらい訳ないって」

「だって、1年くらいしか正味、イギリスには住んでなかったって、この前の打ち上げで言ってたじゃない」

「あれ、聞いてたのその話」

「聞いてました。1年で単位はみんな取れたんですか?」

「うん、学士の称号はもらった」

「うっそー」

「ほら、信じてない」

「だって、日本の大学は最低4年、長い人は7年とかいるし、それ以上居ると追い出されるけど」

祥子はそんな話を大也と交わしたことを思い出していた。


会場はトーナメント方式で、次々とカードが進行していった。

出場者は、小学生から社会人まで幅広い。高校生以下は出場者は、両親の名前で登録される。社会人大会と言っても基本年齢制限はない。

両国では毎年行われる恒例の祭典の一つだ。

祥子は大也がメカニックを作ることが出来るなんて、両国の会場に行ってからも半信半疑だったのだ。

しかし実は、大也の設計して作り上げたカブト君は、祥子が考えているより遥かに強靭なロボットだった。

祥子の見ている前で大也は、午前中の予選は、危なげなく勝ちあがれた。

その決勝戦リーグが、これからここで行なわれる。全国から地区予選の優勝者達が集まってくるのだ。

衛星放送以外にも地上波の中継TVカメラが幾つも会場に設置されている。

ロボット部門の決勝戦では「格闘戦」、「既定の荷物運び競争」、「指定された作業を製作者の音声命令で実行する」の3部門で総合点を競う事になる。

点数配分が多い「格闘戦」が名前の通りロボット相撲大会の花だ。他の3種目の点数で大きな差がつかない場合、この種目の勝者が大会の優勝者となる。

見学に来ているだけの祥子は大也の座っている選手専用のブースに本来入れない決まりなのだが、ちゃっかり大也の予備のスタッフ証を着けて関係者のような顔をして入り込んでいる。

観客席を見回すと祥子のお爺ちゃん、人力社中の藤原や先日知り合いになったブルーノの姿も見える。

リリーさんは、今日は浅草の舞台が忙しいのだろうか、姿が見えない。

「大也君、ここまでこれたのは凄いと思うけどここにいるのはみんなロボット相撲の経験者でベテランですよね。自信はあるの？」

　祥子はおずおずとそう聞いた。

「大丈夫なんじゃないかな」

　大也の言い方が軽い。

「ほんとに？」

「ほんとさ。唯一の敵はクワガタメカを操る赤城（あかぎ）という少年だ」

「昨年のロボット相撲の優勝者ですね」

「そう、最後は僅差を競る戦いになるだろう。そこでポイントの配点割り振りが大きいから、格闘戦で勝てば勝利確定になる。最後のロボット相撲のポイントは敵を如何にひっくり返すかだ。だからクワガタよりカブトムシが強いと僕は読んだ。カブトムシは昆虫の王様なのさ。設計時から既に想定内の戦いだよ」

　大也は横に座っている祥子の耳元に、小声で今日の最終作戦を説明した。

「そりゃあ虫の世界ではカブトムシが王様かも知れないけど、形をカブトムシにしたって強くならないでしょう。その形でお相撲に勝てるんですか？」

　祥子は、決勝戦が近くなるに従って、段々と自分も会場の雰囲気に巻き込まれてテンションが上がってきているのが分かった。

「何事も形から入る」

祥子の疑問に、大也は一言で答えた。

「もしかして……それが作戦なの？」

祥子は唖然と大也を見る。

何を驚いてるのかと大也は、祥子のその顔を見ても、表情一つ変えようとしない。

「戦闘準備、メカの調整に余念はない。ここは決める!!」

大也はそう言い切った。

場内の観客の数とＴＶカメラ、そして決勝戦というシチュエーションに興奮が更に高まって来た。

そこで大也は彼女に向けて親指を立て勝利宣言をして見せる。それを見ても、祥子はただ子供みたいと思うだけで、勝負の行方が不安で仕方がない。

決勝戦に進んだ大也の対戦相手は昨年の優勝者である高校三年生赤城伸彦（のぶひこ）のクワガタメカだ。祥子は、スマホ配信されている対戦表の情報欄を事前に読み込んでいる。

彼のプロフィールは地元両国の高校生だと、写真付きで掲載されている。

彼が操縦しているのは、昨年自作の優勝ロボットの更なる改良型、最強クワガタムシロボットだ。パンフにはＳＲ０６７８とか型番が記載されているが、クワガタメカと形状で呼んだ方が分かり易い。

6本足で体勢が極端に低いので重心もとても低い。素早い動きとパワーが特徴のメカと書かれている。これは格闘戦では強敵だ。

大也のカブト君は二足歩行の不安定な体勢なので、クワガタメカを相手にすると、見るからに不利な対戦になると思われた。

しかし大也がロボット制作で拘っていたのが、この相撲試合だ。

彼には「あくまで二足歩行が原則だろう」と言う信念だ。そこに祥子が聞きかされていたロボットのロマンがあるというのが大也の信念らしい。

そんな少年らしい面が彼にあるとは、祥子は驚きだった。

「大也君、始まるよ」

「分かってる」

四角い戦闘フィールドの四隅の審判の主審の手が、高く挙がった。

大也のカブト君、赤城君のクワガタメカの両方がコーナーから相手に向って突進した。

対戦が始まると直ぐに、予想通りクワガタメカは素早い動きでカブト君の足元に飛び込んできた。勝敗は相手を倒すか、引っ繰り返すことだ。それ以外にも戦闘フィールドのラインの外に放り出せば勝利となるのが、このロボット相撲のルールだ。

ロボット相撲が何だかほとんど知らなかった祥子から見ても、クワガタメカはその大きな挟みでカブト君の足元をすくいあげて、転倒を誘う作戦出来たのはすぐに分かった。対面のコントロールブースに余裕の表情で座り込んでいる赤城という少年とその父親が、対戦相手の大也のカブト君を見た途端、得意そうに微笑んだのは、祥子は気に食わなかった。

これは、厳しい戦いになると思い、祥子はそっと大也の顔を覗き見る。

彼の表情は目が生き生きと輝いて、まるで少年のように純粋に嬉しそうに見える。

自信があるというより、この一戦を心待ちにしてきた様な雰囲気が大也から感じられだ。

「来た……」

と祥子が思わず声を上げる。

「横で騒ぐと気が散るって、大丈夫、ヤツの狙いは見え見えさ」

大也は素早くキーボードでカブト君に足元を摑ませないよう、ゆっくりと間合いを取って円を描くように、移動する運動指示を出す。

摺り足横移動だ。

しかし二、三歩も横に動く前にクワガタメカが高速で突っ込んで来た。とても摺り足の二足歩行でカブト君が、それを交わせるスピードは出せそうにない。

「ああっ、カブト君の足首に挟みを咬ませちゃった」

祥子が悲鳴に近い声を上げる。思わず大也の肩口を掴みそうになるのを、何とか気持ちを抑えてその手を引っ込める。彼の手先がブレると操作は出来ないという事くらい祥子だって分かっている。

「ちょっと祥子ちゃん落ち着いて。このくらい」

大也が祥子を、宥めさせようと声を上げる。

実は大也は、この決勝戦を事前にシュミレートしてカブト君を設計していた。そこまでは祥子の知らないことだ。

カブト君の足首を挟んで左右に振り回し、その元々不安定な重心のバランスを崩して、転倒を狙うクワガタメカの攻撃は、大也は予測していたのだ。

昨年の大会の映像も見て、十分研究している。

それにしても想定していたよりヤツの動きは素早かったし、今咬みつかれた挟みのパワーも半端じゃない。そう大也は感じて、細かくカブト君にコントロールパネルから命令を送り込む。相手のスピードが計算していたより体感的に、早く感じられるようだ。

ぐらついても何とか片足でも立っていられる設計は、カブト君に内蔵した自作の三半規管で制御している。今のところ、クワガタメカの猛攻を交わしながら何とか体を倒さない様にバランスを取り、転倒を防ぐのが精一杯だ。

カブト君としてはここは、まずは相撲で言う双方廻しを取って組み合っている状態に持っていきたいところなのだ。

しかしクワガタメカを摑まえられないどころか、一方的に大きい牙でボディを噛みつかれ、廻しを摑まれた感じにされている。

やっとのことでカブト君はその牙を振りほどいた。

しかし次の瞬間、クワガタメカはその場にしっかり踏みとどまって、カブト君に向かって、突進と後退を繰り返してくる。

もし又ヤツに摑まれた場合、クワガタメカの挟みを制御している首の付け根部分の関節のパワーがどこまで出せるかが大也としては未知数だ。パワーが想定外だと持ってかれる危険がある。

もし噛みつかれても、そこを踏ん張りきらないといけない。

ヤツの首の動力系のパワーいかんで噛みつかれた時、そのまま放り投げられたりされてしまうかも知れない。

そうなったら勝負終了だ。まだカブト君が辛くも持ち堪えているのは、見た目よりカブト君は重く、重心も低く設計されているせいだ。

それでも嵩みを振りほどけない状況が続いて、既にカブト君は窮地に陥ってしまった。

じりじりとフィールドのラインに追い詰められるカブト君。

祥子は、カブト君と大也の横顔を交互に見た。ここはただ祈るしかない。

「こうなったら、秘密兵器を出すしかない」

突然大也がそう言った。

その大也は口元には、何故か不敵な笑みを浮かべている。

彼の瞳の中の燃え滾る少年のような闘争心を祥子は見逃さなかった。

「何、その自信満々の眼差しは？　大也何か秘策でもあるの？」

上ずった声で祥子は聞く。

「ある！」

そう言って大也はカブト君からコントロールに伸びた有線コードの先のコントロールパネルに、素早く必殺技の命令コードを入力して行く。

「そんなのあるならカブト君がピンチになる前に、いの一番にそれを出してよ。決勝戦まで温存して、今更何出し惜しみしてるの」

興奮した祥子は遂に、大也の上着の裾を摑んで引っ張ってしまう。

「冷静に、冷静に祥子ちゃん。ピンチになって出すから秘密兵器なんでしょ。奥の手は最後まで取っておくものなの。ここがカブト君の見せ場でしょう」

「大也君は子供か！」と祥子は思った。

「早く!!」

祥子の声に答えて彼はクワガタロボが、その体重を前に掛けるタイミングを見計らって掛け声を挙げた。

「行け、カブト君、変形だぁ!!」

奥の手が変形？　やることがホント子供……祥子はそう言ったが、なんだか大也に吊り込まれて、勝負を観戦するのがだんだん楽しくなってきた。

大也がこの大会を楽しみにしていたのも、秘かにロボットを作っていたのも、祥子は少しわかる気がしてきた。

大也の瞳孔が開き、興奮で歯を食いしばっている。手の動きがまるで手品のトランプを素早くシャッフルしていく様に、繊細にコントロールパネルの上を走る。

祥子は彼の楽しさが乗り移ってきたような気持になって来た。

「さては祥子ちゃん、ロボットアニメ見てないな。正義のロボットはピンチになると変形するんだって相場が決まっているのさ」

「見たことないですよ。何が面白いのか分からない」

「そこに男のロマンがあるからさ」

「大也君の顔見るとほんと楽しそう。すこし分かってきたから、操作に集中して」

カブト君は腕立て伏せの様に全身を前方に倒し、頭部を引っ込めて変わりの頭部を背中から押しだした。

そして頭部は角の形状をしていたが、それは瞬時に変形し広がると扇子の様な形になった。

ロボット相撲のルールでは、転倒は胸部か尻餅を着いた状態、すなわちボディが床に触ると負けの判定だ。

腕で体勢を支えていれば転倒判定にならない。

カブト君の動きに対して、右足には依然クワガタロボのハサミが咬みついたまま放そうとしない。

「なに？　なにに変形したのこれ？　もしかしてこれってまるで塵取り頭ぁ？」

祥子が思いついたまま、大也に対して失礼なことを叫んでだ。

だが、カブトムシの角が変形した形は正に塵取りというのが、もっとも的確な表現に思える。

大也もロマンを語るなら、もっとカッコいい型をデザイン出来なかったんだろうかと、少し余計な事を考えた。

「いっけぇー」

大也の号令で頭部を扇型に開いたカブト君は、左右の足を前後に180度回転させて四足歩行の低い体勢に更に変形する。

変形した両足の回転で、クワガタメカは体勢を反転させられそうになる。

そこが狙いだ。裏返しにすればこの戦いは勝利になるからだ。

クワガタメカの操縦者赤城はこちらの狙いを、カブト君の動きから、瞬時に気付いた様子だ。

右足に深く咬みついたクワガタメカは、その挟みをサッと開き、足首から離れて6脚立ちの体勢を辛くも維持する。辛くも転倒を逃れた。

やっと離れたクワガタメカに向ってカブト君は、その体勢のまま180度回頭、扇型に開いた頭部を塵取りが掬いあげる様にさっとクワガタメカの体の下に滑り込ませた。

そのままカブト君は、四足でクワガタメカを押し進み、頭部に繋がる扇に乗せたクワガタメカのラインアウトを狙った。

赤城はこちらの第二の作戦にも、直ぐに気付いた。何か隣に座っている父親に相談している。

流石は前年の優勝者と祥子は思った。

だがクワガタメカは既にカブト君の扇上の頭部に体半分乗せられている。

ヤツは既に戦闘フィールドから半身食み出してしまった状態だ。

後少しボディの三分の二が場外に出たと、ジャッジに判断されればラインアウトで大也の勝利が決定する。

左右から審判の男性がラインとクワガタのボディの位置を見定めるために走り込んでくる。

その時、堪らず赤城君はクワガタメカを急速発進、ジャンプさせた。

一か八かカブト君の体の上を乗り上げて、フィールド内に向って、カブト君の体の上を走り抜けようと考えたようだ。

それ以外ここまで押し出されると、ラインアウトから逃れる方法は残されていない。

「おっと、それも作戦の内」

このタイミングを大也は待っていたようだ。

「ウソでしょ」

と祥子が思わず声を上げる。

カブト君はクワガタメカを乗せて踏ん張っていた体勢から、クワガタメカが飛ぼうと体勢を浮かした途端、本物のカブトムシの様に頭部を大きく反り返らせた。

クワガタメカは自機のスピードで体勢が既に浮いてしまっているため、カブト君の頭部の反り返りに完全に機体のバランスを崩し、大きく体が反転してしまう。

分かり易い表現を使うなら、ちゃぶ台をひっくり返した感じだ。

そしてそのままヤツは背中をマットに叩きつけた。

「勝者、カブト君」

三人の審判の右手白い旗が、大也の方に上がる。

赤城が一瞬信じられないと言う表情で立ち上がり、大也と祥子の方を睨みつけている。

「やった。大也君すっごい、優勝よぉ!!」

「やった!!」

会場に来てくれていた応援の花川戸町内会の皆から歓声が上がった。

彼らだけじゃない、祥子が会場の観客席を振り返ると、会場全体の観衆の多くが、大也のカブト君の活躍に興奮しているようだ。

今年はクワガタメカの連勝が予測されていただけに、大会初出場の大也のカブト君がクワガタメカを倒したことで、大番狂わせが起こってしまったのだ。

大也は会場の観衆の湧き上がる声援に気が付いて、振り返り立ち上がった。

彼は周囲を見回してそのコールに答えるように両手を高く挙げた。

「ありがとう」

どうやら今の決勝戦の熱戦にみんな感動してくれたのが、大也に伝わったのだ。

「祥子ちゃん、僕は日本に帰って来てこんなにみんなからエールを送られたのは、初めてだ。いや、イギリスにいた時だって、こんなことは素敵なことはなかった。とても嬉しいよ」

祥子にそう言う大也の瞳は、僅かに潤んでいた。

大也は会場に手を振って皆の歓声に応えて見せた。

彼は観客に大きく手を挙げ、両手でVサインを送った。すると会場から更に大きな歓声が沸き起こった。

嬉しそうな大也に「今日はとっても頑張った」と祥子が小さく囁いた。

祥子も彼に吊られて、なんだか胸が熱くなって来るのが分かった。

こうして、初出場の大也のメカ「カブト君」は社会人ロボット相撲大会で初優勝を果した。

優勝した大也は大会の全試合が終了した後、表彰台に上った。

緊張した顔の大也に審査委員長がトロフィーを渡し、メダルを首から掛けてくれる。

大也は頭を少し下げて、審査員長が首にメダルを掛けてくれるのを待った。

そのメダルを掛けた姿に各所の報道陣のストロボが光る。地元浅草のローカルＴＶの実況中継も入っているようだ。

大也は首に掛けられた金メダルの感触と重さを嬉しそうに確かめた。

彼は表彰台の上から、左右を見て報道陣のカメラマンやインタビュアーの人達の中に、祥子の姿を探した。

祥子は彼と目が合うと、小さく手を振って微笑んだ。

彼女の横にはブルーノの達の姿があった。彼は今日の大会開始から今まで長い時間残ってくれて、表彰式まで見てくれたのだ。

式が終了し、大也は首から下げた優勝メダルとトロフィーの心地よい感触に酔っているところに、祥子とブルーノが近寄ってきた。

「おめでとう、大也。今日はめでたい日だ。僕におごらせてくれないか！」

ブルーノは大也の両手を強く握りしめながら、優勝の感動を伝えた。

「えっいいんですかブルーノ。そんなぁなんか悪いなあ」

大也は一応図々しく見えない程度に謙遜の仕草をした。

それに祥子が「そんな事言って。完全に奢ってもらうつもりなんでしょう」と言葉を挟む。

「えっわかっちゃた」

「あははは、こんなめでたい日なんだ、遠慮なんかしないで、どうか奢らせてください」

とブルーノが重ねて言う。

そこにお爺ちゃんと人力社中の藤原達が観客席から降りて来て、みんなで食事に行こうと祥子達を取り巻いた。

「じゃあ行きましょうか」

「ワシらも出すから、大也君は遠慮するな」

とお爺ちゃんが豪快に笑った。

大也は柳川鍋とかどうでしょうと提案したが、それを聞いたブルーノが「勘弁してください。まだ僕は日本のドジョウの死んだ顔が正視出来ません。味より前にドジョウの顔が苦手です」と外国人の感想の中に、よく聞く話だ。

祥子はその気持ちは分かりますと言葉を添えた。

「それならすき焼きがいいじゃろう」

　とお爺ちゃんが提案し、皆もその言葉に賛同した。

　無論祥子は大好物なので異論などない。

　浅草寺の参道の先に浅草六区があり、すき焼きの美味しい店が何軒も軒を連ねている。

　その中でも、改まった祝いの席ですき焼きと言えば、今半しかない。

「今半がいいじゃろう」

　お爺ちゃんの一言で、店は今半に決まった。

　今半に向かう道すがら、両国のロボット試合の話から、相撲の話になり、夏場所の話、花火大会の話などを交わすうちに店が目の前に見えてきた。


　浅草「今半」は明治28年創業のすき焼きの老舗だ。

　鉄鍋に割り下を薄く引き、その上で牛肉を焼くように煮ていくのがこの店の特徴だ。甘辛い割り下ともよく合う厳選された黒毛和牛は、口の中に入れると柔らかくて溶けてしまいそうになる。肉のランクで値段が変わるし、個室も用意されている。

「今半」初めてのブルーノは、その舌触りに驚いてしまった。

「これが、牛肉ですか、これがすき焼きですか、なんという味わいだ。感動しました」

それが彼の黒毛和牛を口に初めて運んだ時の食レポだった。

祥子はブルーノの幸せそうな表情を見て思った。また、今半の鉄鍋とタレをお土産にする外国人が一人増えてしまったようだと。

そもそも日本では、仏教の戒律などから江戸時代には表立って肉を食べる文化はなかった。明治5年、文明開化の波に乗って天皇が牛肉を食べられた。

当時東京の繁華街の中心であった浅草に、初めての牛鍋専門店が誕生した。

それから牛鍋屋が一気に増え始めた。浅草は牛鍋の発祥の地となっていった。

店では大也も祥子も、久しぶりの今半の肉を堪能した。

大也は店を出る時、お爺ちゃんやブルーノ達大人衆のスポンサーによくお礼を言って、一同はそこで解散した。

ブルーノが大也と同じ方向に帰ると言うので祥子を入れて、三人一緒に同じ方向に歩き出した。

「今日はブルーノにまで応援に来て貰ってなんだか、ちょっと恐縮しています。それにご飯まで御馳走になって」

「そんな事ないです。今日私とっても大也の戦いに大いに感動させてもらいました。ロボット相撲は日本に着て初めて見せて貰いました。日本の国技相撲と科学の最先端を行くロボットの融合した競技、最高です」

「両国には割と古くからある大会なんですよ」

と祥子が説明した。

「大変エキサイティングな大会です。こういうのはイギリスにはありません。もっとも相撲それ自体ありませんけど。大也の「カブト君」大変強かったです。優秀でした。私感動しました。大也は凄い技術者(エンジニア)だと驚きました。試合を見に来て本当によかったです」

「やだな、そんな煽てないでください」

と大也が恥ずかしそうに言葉を返す。

「本心ですって」

そう言って、ブルーノはまた大也の右手を握り締めて、強く握手した。

「それより、ブルーノはいつまで日本にいられるんですか？」

大也は聞いた。

「まだ当分こちらに滞在していられます。私の勤務先の貿易商社の仕事まとまったら帰国します。それまでいろいろ日本見て歩きたいです。東京には新鮮な驚きがたくさんあります」

「ブルーノさんは、ホント日本贔屓ですよね」

と祥子が言う。

「日本大好きです。次の船便もっと先に延びると嬉しいです」

この時、祥子はある事が気になった。

ブルーノが言った彼の勤め先、ユニバーサル貿易会社という社名は、どこかで聞いた事がある名前だったが、思い違いだったのだろうか。ネットで検索して見ようと思ったが、残念なことに食事の後それもすぐに、忘れてしまったのだ。

祥子は割と細かい事は、すぐに忘れてしまう子だった。


浅草駅に向う道すがら、ブルーノが気分よさそうに鼻歌を口ずさみ始めた。

それは坂本九の「上を向いて歩こう」だ。彼はこの曲が本当に気に入っているようだ。

彼の軽いハミングは、どことなく坂本九のスキャットを思い出させた。

祥子にとっても家族やお爺さんと聞いた、小さい頃からの思い出の一曲だ。

「この曲は私が初めて聞いた日本のポップスです。ここ浅草の夜の街並みにぴったりだと思うのです」

「流石、ブルーノ分かってますね」

見上げれば満天の星空。

視線を地平線に向けるとスカイツリーの夜景が大きく目の前に飛び込んで来た。

そのタワーは夜空の星達と違い、絶え間なく光の色を変化させ続け、浅草の街を歩く彼らを魅了し続けていた。

# 第八章　名探偵祥子　事件の謎に迫る

今半を出て、散歩してシェアハウスに戻った祥子は、大也の荷物を居間に上げるのを手伝った。その中に今回の優勝トロフィやメダルも入っている。

「これはここのケースに飾ろう」

大也はショウケースの開いているところに、トロフィを飾ろうとしている。

「いや、こっちの方が収まりがいいかも……」

迷っているようだ。

祥子はその時、リリーの靴が、今日も玄関にないことに気が付いた。

仕事が忙しい時でも、リリーは変則的だが、仕事が引けた時間に、シェアハウスに戻って来て、睡眠を取っていた。決して舞台の裏で寝たり、どこかに留まったりはしなかった。

祥子の胸中を漠然とした不安が襲った。

そう言えばここ何日か、シェアハウスの中でリリーの声を聴いていない。祥子はそれがいつからだったろうかと、記憶の糸を手繰り寄せようとした。

そう言えば以前寄り合いの席で、ロボット大会の応援に行くとリリーは大也に告げていた。

そう言ったら、彼女はたとえ遅れても必ず約束の場所に現れる人だ。

リリーには、三社祭の最終日にホッピー通りの打ち上げでお腹いっぱい奢ってもらった。

そうだ、祥子は思い出した。あの日からリリーを見ていないんだ。

「大也君、リリーさんから連絡とかありませんでした」

「さぁ僕の方にはないけど、最近見ないよね。何かあったのかなあ？」

大也の言い方は、今一つ緊張感が感じられない。

彼女の姿が見えなくても、大したことは起こらないと思っているかのようだ。

何故？

「リリーさんの顔見ないなって」

祥子は心配そうな顔で、もう一度大也にそう聞いてみた。

大也の表情を探っているような目つきだ。

「そうだな、舞台とか練習が、忙しいんじゃないのかなぁ？」

「そうだといいんだけど……」

祥子は心に、何だか嫌な予感が浮かんできた。

こんな予感は小さい頃からよく当たる。

祥子は顔をしかめて考え込んでしまった。

居間のソファの上で、ワビが寝ている。よく見ると一回り大きい気がした。

ワビだけじゃない。ハクとくっついて寝ているのだ。

「凄い可愛い！」

その二匹を見ていると、祥子は少し気分が楽になった気がした。


翌日の朝になっても、夕方になって祥子が仕事から帰って来ても、リリーは帰って来なかった。玄関には相変わらず彼女の靴はない。

祥子は仕事から帰って来て、玄関にリリーの靴がないことが分かると、居ても立っても居られなくなってきた。時計を見るともう夜の七時を過ぎている。

もう私、限界かも……と祥子は思った。居間と玄関の間をうろうろして、考え込んでいると、呼び出し音のような音が、玄関の外から聞こえて来た。

「ぴろりろり～」

玄関のブザー？　いやそれは壊れているはず、祥子はそう思い直した。それで、その電子音は玄関の外からだと分かったので、玄関ドアの方に近づいて行った。

「とん、とん」

今度は普通にノックの音だ。

「帝竹のマネージャーの林です。宜しいでしょうか？」

リリーを呼びに来る聞き慣れた声が、ドアの外から聞こえた。

「あっ先日はどうも。今の何の音ですか？　なんか聞き慣れない呼び出し音が聞こえたみたいで？」

「このシェアハウス花川戸の呼び鈴が以前から壊れてて、ドアベルも付いてなかったんで、スマホで音出してみました。おかしかったですか？」

「そんな持って回ったような、小細工はいりません」

「そうですよね、なんか不審者っぽいですか」

そう言って林は照れくさそうに笑って、頭を掻く仕草をして見せた。

「そういわれても、ここにはもっと不審っぽく見られる方が多いので、林さんはどちらかと言えば一般の方に見えます。そういったおかしな小細工をしなければ、ですが」

「気を付けます。次はノックしますね。でもノックしてもいつも応答ないですよね」

「顔パスで入ってくれて構いませんよ。みんな林さんのことは、顔覚えてますから」

「そうですか、そう言っていただいたのは光栄です。ではこれからはそうさせていただきます」

「それで、ご用件は？」

　と祥子は改めて林に来訪の意図を聞こうとしたが、それは彼の憔悴しきった表情を見れば、分かりきったことだと思った。

「はい、それは……」

　と林はしゃべろうとしたが、そこを祥子が制する。

「あっ言わなくても分かります。そちらでリリーさんの行方が分からなくなったのは、いつからですか？」

「3日前の舞台に、彼女が突然現れなかった時からです。こんなことは僕がマネージャーに就いてから嘗てなかったことです。彼女の携帯を鳴らして、メールも入れて、心当たりは何度も歩き回ったんですが、今回に限っては何の手掛かりもありません」

「全部空振りだった訳ね。林さんの顔にそう書いてあります」

「どこに行ったんでしょう。彼女は歌うのが好きで、ステージを生き甲斐にしていました。才能の固まりだったんです。人気も右肩上がりで安定してた。それは芯の強い人でした」

「確かにそう、私もそう思います。林さんがそう言うってことは、彼女の失踪は事故や事件ではなく、自らの意思でとお考えのようですが」

「誘拐とかだったら、行方不明になってすぐに犯人から何らかの連絡が入ってきますよね。それに事故だったら、毎日のニュースのどこかに出るに決まってるじゃないですか。彼女は何といっても有名人ですから」

「ごもっともです」

「それがどこからも、何も出ない。これは自分の意思で失踪したとしか僕には思えないんです。あああああっ僕がもう少し彼女の心の変化に気付いていたら。いや、マネージャーとしてでも彼女の心の隙間を埋めてあげられていたら。愚痴でも聞いてあげられたら」

「愚痴なんか言ってましたか？」

「聞いたこともありません」

「それは、私もです。捜査願い警察に出しましたか？」

「失踪した翌日、2日目には私が浅草署に出しに行きました」

「そうですか、事は深刻ですね」

「あっあっあっー帝竹が今日のように代役で毎日ミュージカルの舞台を続けていたら、帝竹の評判もすぐに地に落ちてしまう。そうなったらみんなおしまいです。リリーさんの女優としての名声も、帝竹の運命も」

「あの、あの、思い詰めないでください」

「これが、思い詰めずにいられますか。僕がいけないんだ」

「自分を責めないで」

「だって……」

「ここは落ち着いて考えましょう。何か彼女がいなくなくなる前に、気になること言ってませんでしたか？　林さん少しでも何か覚えていませんか。1日中近くに居るんでしょう林さんは。行く先の手掛かりになる様な何かです」

「覚えてません。いつもと変わらなかったと思います。それは自分でも何度も思い返してみたんです。酒が飲みたいとか、いい男いないのかとか、そんなことは言ってましたが、それは今に始まった事じゃありません」

「いい男いないのかって言いましたか？　リリーさんそんな事よく言う方ですか？　大女優だし、ハリウッドの大物俳優も袖にしたとか噂になるほど、国際的にモテモテの女性ですよね」

「僕の前では、たまに言ってました。僕に対する当てつけなのかも」

「その時、誰かの名前出したことあります？」

「一度だけあります。そうだ、ここのシェアハウスの大家の大也君は、舞台に立っても映えそうとか、聞いたことあります。直接いい男とは、言ってないですけど」

「大也君の事……」

そう言えば祥子には思い当たることがあった。ホッピー通りで焼き鳥を肴に酒をしこたま飲んだ後、大也が先にいなくなった。

あの時、リリーさんは大也が去って少しして、何か思い出したように舞台に忘れ物取りに帰るとか言って、そのまま姿を消した。大也が向かった方向は浅草駅の方向だ。あの時は、祥子もかなり酔っぱらっていたので気にならなかったのだが、リリーが向かうはずの帝竹は大也が歩いて行った方角とは反対方向だ。

リリーさんは忘れ物を帝竹に取りに戻るのなら、国際通りの方に歩いて行かないといけないはずなのだ。彼女は大也の後を付いて行ったのかも知れない。

もしかしたらお酒の勢いで、リリーさんはあの日、三社祭りの興奮も伴って、大也がとってもいい男に見えてしまい、それでふらふらっと彼の後を付いて行ったのかも知れない。

それにしても大也は、それから今日までいつも通り普通に生活しているし、二人があの日駆け落ちしたとは思えない。

リリーを大也がどこかに隠しているのなら、大也の普段の態度はとてもとぼけている様には見えない。第一、昨日までは両国のロボット大会に向けてかなり制作に集中していたはずだ。

かと言ってリリーさんの行方が分からないと祥子から聞かされても、彼はそんなに慌ててる素振りもない。

祥子は思った。大也はもしかしたら、リリーさんの今の居場所を知っているから慌てないのでは。

祥子は、林マネージャーの記憶の朧げな糸を手繰り寄せる事と、彼から聞き出した主観的な発言で、一つの方向性を探り当てつつあると考えた。

「どうしたんですか？」

ずっと黙り込んでしまった祥子の真剣そうな顔を見て、林が心配そうにそう聞いた。

林に声を掛けられて、祥子は我に返ったように改めて目の前にいる林の顔を見詰めた。

「林さん、あなたは今日のところは帰ってください」

突然祥子は、無表情な顔で林に帰ってもらうように告げた。

「えっどうしたんですか、急にそんな事言って？」

「何でもありません」

「そんなことない、祥子ちゃん何か思いつくことがあった顔してますよ」

「分からない。私は自分の推理がただ間違っていると信じたいだけなの」

「推理ってなんですか？　教えてください」

「それは言えません」

「言えないってどういうことですか？」

「ごめんなさい、思わせぶりな言い方に聞こえましたよね。林さん何もありませんて。突然私に向かって迫ってこないでください。林さんこそ冷静に、冷静に」

祥子はそう言って、林の気持ちをなだめさせようとした。

林はそこで何か言いたい言葉を押さえ、一旦シェアハウス花川戸を退散することにした。

祥子の態度からそうした方がいいと判断したのだ。

「はい、何かわかったらお知らせします。それでは林さん、おやすみなさい」

祥子はそう言って、マネージャー林の背中を押すようにして、ドアの外に出し鍵を閉めた。

そうして、祥子は閉めた玄関のドアに寄りかかって、ため息をついた。

「あああっもし私の推理が当たっていたらあの二人は、二人は、あっあっー考えたくないわ」

祥子の頭に浮かび、次第に確信に変わっていった推理はこうだ。

リリーは毎日の舞台、練習、打ち合わせ、休むことない仕事に疲れ果てていた。気丈で、いつも気が張り詰めていて隙を見せない彼女でも、酒を飲んでアルコールが回ると、つい男性に近くに居て欲しくなる時がある。あの夜がそうだった。

リリーは忘れ物を取りに帰るふりをして、夜の闇に消えた大也の後を追いかけて行ったのだ。それまでリリーが大也に対して抑え込んでいた恋心、想いが、酒の勢いで気持ちの抑制が弾けとんでしまった。

彼女は速足で大也に追いつくと、彼の胸に飛び込んでいった。そんな事をされたら大也だって男性だ。世界的な人気女優から、秘めたる恋心を打ち明けられたら、断るはずもない。

「僕だって愛してる」

とか大也も言って、二人は急速に親密になって行った。

「もう歌の世界には、帰りたくないわ」

とリリーさんが、決心を伝えると大也が、「仕方ないな、一緒にどこかに住もう。それまでは仮の部屋を借りるから」ということになり、大也はどこか二人が隠れ住むスイートルームを探した。そこで今は二人は住んでいる。

「でも、急に二人がいなくなると大騒ぎになるから僕はたまにシェアハウス花川戸に帰る」

リリーにはそう言って、大也は何食わぬ顔でここに帰って来ていた。そうして大也とリリーの二重生活が3日間続いているに違いない。

玄関から居間に戻ってソファーに座り込んだ祥子は、二人の事を考え続けた。考えれば考えるほど、大也の自然な態度が、怪しく腹立たしく思えてきた。

今の自分の推理が、正しいことを大也の最近の態度から祥子は確信し始めていた。


「どうしたんですか？　祥子ちゃん」

居間に紅茶を持って、大也が現れた。

「わーわー急に出てこないで、驚くでしょう」

不自然なほどの祥子の動揺を見て、大也が微笑んで答えた。

「だってここは、僕の家だもの」

「違うでしょう。隠さないで言いなさいよ。実はあなたの本当の家は両国の辺りにある小さなアパート。さもなければ場所は日本橋ね」

祥子はTVの探偵推理アニメに登場してくる名探偵ばりの言い回しで、リリー失踪事件の謎を解いていこうと、優雅に祥子の向かいのソファに座って、お茶を入れている大也に向かって話を始めた。

「いや、ここだけど」

「もうバラしなさいよ。そこで行方不明になったリリーさんと住んでるんでしょ？」

祥子はいつまでもしらばっくれている大也に腹がたってきた。

「リリーさんが行方不明だって？　いつから？」

祥子の今の一言に大也は激しく反応した。

「もうすぐ3日になるの。今も玄関に帝竹劇場のマネージャー林さんがリリーさんを探しに来られたのよ。彼、憔悴しちゃって」

「何だって。祥子ちゃん、なんで僕に、早く教えてくれないんだ」

入れたてのお茶のカップを置いて、大也がソファから立ち上がった。祥子の方を真剣な表情で見つめている。祥子は自分がなんか違ったのかなと思い始めていた。

「だって、リリーさん大也君と一緒じゃなかったの？」

そう祥子は小さな声でもう一度、聞いてみた。

「3日前のホッピー通りが、僕が彼女を見た最後の場所だ」

その言い方は、大也が祥子をはぐらかす時のような、いたずらっ子のような表情とはかけ離れていた。祥子はもはや彼が真実を言っていることを認めざるを得ない。

「私の推理は、どこに行ったの……」

祥子の名探偵ぶりは、一瞬にして吹き飛んでしまったようだ。

「何か手掛かりはないのか？　彼女が行方不明になった原因とか」

大也が畳み掛けるように祥子に質問を浴びせて来た。

「だから、それは大也君じゃないかって」

祥子はしどろもどろでそう答える。

「僕じゃない。僕なんかじゃ全然彼女のお相手としては釣り合わないだろう。年だって僕の方が一回り若いし。彼女から見たら年下の若造さ」

「そうかも」

祥子は大也自身の捉え方に納得せざるを得ない。

「どうしたの？」

大也は祥子の顔つきを見て、何か表情が穏やかになったように感じて、そう聞いた。

「ほっとしたなあって」

祥子は素直にそう答えた。

「それどころじゃない。人間は3日水を飲まないと生命が維持できない。彼女の居場所はどこなんだ」

大也は事態の緊急性を穏やかな顔をして座り込んでいる祥子に分かってもらおうと、そう力を込めて問いかけた。

「私達とホッピー通りで飲んだ後、大也君の向かった方向に、付いて行く様に彼女は歩いて行ったの。それで、私はてっきり……」

「そんなことで、僕を疑ってたの？　祥子ちゃんは名探偵失格だよ」

と大也が呆れた様に、祥子の話にため息をついた。

「なにしろ私、一介の車引きに過ぎませんから探偵なんて出来ません」

祥子はもう、返す言葉もない。

「そうか……僕の歩いて行った方向か……」

祥子の言った3日前の五人の別れ際の状況を、大也はもう一度考え直しているようだ。

「何か分かりましたか？　気付いたことなどあれば……」

と祥子が聞く。

「少し」

大也が答えた。祥子の言葉の中に、大也にしかわからないヒントがあったのだろう。

大也はお茶をテーブルの上に置いたまま、立ち上がって上着を手に取ると、出掛ける用意を始めた。

「大也君！　どこ行くの？」

祥子も立ち上がって彼に付いて行こうとした。

「ちょっとした心当たりを、探しに行くんだ」

そう大也は答えた。既に、玄関で靴を履いている。

「それなら私も」

「走るけど、付いて来れる？」

大也は祥子にそう聞き返した。

「これでも浅草の車引きの端くれよ」

祥子は、任せなさいと右腕で力こぶを作って、ウインクした。

「はい、はい」

そう言って大也は立ち上がって、玄関を開けて外に出る。

祥子もすぐに彼に続いて外に出た。大也はそこで、事件が発生したと思われる東武浅草駅の方向に向かって走り出した。祥子もあとに続く。

# 第九章　リリーさん救出大作戦

走りながら大也の背中に向かって祥子が声を掛けた。

「ごめんね、大也君」

「何が？」

大也が聞き返す。特に謝られることなんかないと言いたそうだ。

「大也君の事、さっき疑っちゃってた」

そう祥子は言った。

「もういいよ。それより、リリーさんの行方が心配だよ。祥子ちゃんの推理はいいヒントになったよ。急ごう」

自分の言葉の中のヒントって何だろうと祥子は思った。

「私の推理のどこがヒントなの？」

大也は小走りのスピードを落とさずに答える。

「それはね、まず僕があの日、向かったのはホッピー通りから東武浅草駅の方向なんだけど」

「そうだ、あんな夜中にお酒飲んだ後に、何しにどこに向かったんですか？」

「実はワビの猫缶がきれてるの思い出してさ、駅前のコンビニにワビのお気に入りのブランドがあったかなと思って」

「そんな理由……」

祥子は大也の後を追い掛けて走りながら、少し自分に呆れてしまった。自分は何を悩んでたんだろうかと。

「あの夜、リリーさんが僕の後を付いてきたとは知らなかったんだ。まさか僕なんかに少しでも興味があるとは思わなかったから」

「こんな時にさり気なく、イケメンを鼻に掛けないでください」

「ごめんね。それは祥子ちゃんが言わせるんでしょう」

「すみません。続けて」

「それと彼女が僕にその日追いつけなかったことを合わせると、彼女は僕の向かった方向のどこかで、迷子になったとしか思えない。あるいは事故だ」

「この東京の浅草の駅前で迷子？　そんな事ってありますか？」

「考えてみたんだけどありえる。それが地下だったら」

大也は祥子の考えもつかないことを言い出した。

「地下ってどういうこと？　大也君の言ってる意味が分からないわ」

「いいかい浅草駅の周りのどこかでリリーさんが倒れてたりしたら、彼女は保護されるかニュースになってるよね？」

「それは、確かにそうですね」

「それがないという事は、皆の気付かないところに彼女が一人で行ってしまい、戻れなくなったとかしか考えられない」

「それが、地下だっていうんですか？」

「三社祭の後の賑わう浅草駅の前で、他にどうやって人が消える？」

「だから、かどわかしとか、失踪とか、愛の逃避行とか……」

「そのどれも違ってたんでしょう」

「違ってました。すいません」

「そしたら地下だよ。一見荒唐無稽に聞こえるけど、冷静に考えるとそれが一番現実的だ」

「そう言われてみれば、浅草駅の周りには地下道がたくさんありますよね。古臭いショッピング街とか銀座線とか」

「そんなこと話してるうちに、僕たちもう銀座駅の前に着いたようだね」

大也はそう言いながら走るスピードを落として、そこで立ち止まった。息使いの乱れはほとんどない。むしろ車屋の祥子の方が肩で息をしているのはちょっと情けない気がした。

祥子は思った。彼と一緒にマラソンとかはしたことはないけど、彼は鍛えているに違いないと。学生の頃に何かの運動部に所属していたに決まってる。

大也と祥子が足を止めたのは、東武浅草駅の交差点の前だ。

目の前にいつ付けられたのか新宿アルタの様な電光ディスプレイに広告映像を流して、その上に「ＥＫＩＭＩＳＥ」の文字を煌びやかに輝かせている駅ビルが見える。

その右手にはしばしば外国人旅行者がトイレと間違える緑の屋根の交番があり、正面にピーポ君の家族が一家揃って看板に描かれている。交差点を渡ると観光客の写真スポットになっている今井兼次デザインの美しいレトロな屋根瓦を反らせた曲線美と朱塗りの寺院風が愛されている銀座線の昇降口が見える。壁には地下鉄出入り口の文字をデザインしたアール・デコ風の装飾が美しい。

車屋に引いてもらって、銀座線の出入り口のところで一旦止まり、その出入り口をバックにし、さらに背景にスカイツリーや金のオブジェを入れて写真を撮るのが最近の観光客の流行のショットだ。

時間は夜の八時を過ぎたあたり。平日なので先日の祭りの夜と比べれば、人通りは激減しているとは言え、リリーの失踪時間にほぼ近い時刻だ。

「僕は、東京にはたくさんの地下ネットワークが広がっていることに驚いてるんだ。地下の世界は僕達が知る以上に広がりがあるのかもしれないって」

「それで、リリーさんは地下とか考えたんですか。もしですよ、そんなに広がってるんだとしたら地下に入って迷ったリリーさんを、見つけ出すことはもはや不可能なんじゃないですか？」

「そう簡単には入れないよ。地下の世界に繋がる道は、そんなに簡単に入口が見つけられないんだ。僕は再三地下道の入り口を探して調べて、既に行き詰っていたところだから」

そう言って、更に話を続けようとしている大也を、一旦制して祥子が言う。

「うーん、大也君、そこから先は私に言わせて。さっき大也君に見当違いの推理をぶつけたお詫びと言うことで」

「どうぞ」

「この近くで地下で何かありそうなところは、ゆるキャラアイドルのモグラの「ちか男くん」で、地元ではほんの少しだけ有名な銀座線の入り口の「浅草地下街」とか、銀座線のホームの行き止まりの先とかが怪しいのでは」

「何それ、銀座線のホームの先って、更にトンネルが続いてるの？」

「ええっ、浅草が銀座線の路線の終点なのに、ホームの階段の先に線路が二車線分ずっと……」

「僕は地下世界への入り口は、どこかの建造物の近くだと決めつけていた。こんな近くに可能性があったなんて」

そう言って大也は驚いた顔で祥子の方を見た。

その大也を見て、祥子はちょっと得意そうな顔になる。

「とりあえず、手掛かりがここまでで、探しようがないようなんでリリーさんのマネージャー林さんを呼んでみます」

祥子はポケットからスマホを出した。先ほどシェアハウスにリリーさんを捜しに来た林から、彼女は聞いてメモリーしていたのだ。

「頼むよ、祥子ちゃん」

祥子が電話を呼びだすと、ワンコールで林が出た。

「林です。何か分かりましたか？」

彼女はそこで彼に、すぐに東武浅草駅地上に来るように伝えた。

「林さん、急いで来てくれるそうよ」

電話を切った祥子は、そう大也に伝える。

「そうか、彼を待っている間に、祥子ちゃん、僕が最近調べてることを聞いてくれる？」

大也は少し一息着いたように、ガードレールに寄り掛かって祥子に改めて話し始めた。

「聞きたい」

祥子は大也に興味深い目をしてそう言った。

「また、祥子ちゃんに僕のいないところでスゴイ推理を展開されると困っちゃうからさ」

「それもう、言わないで、トラウマになりそう！」

と、祥子。大也は最近の自分の研究について彼女に聞いてほしかったのだろう。見つけた謎の幾つかを、話し始めた。

「僕は東京の下町の建造物が好きで、スケッチブックで建築デッサンを描いていたんだ。そしたら幾つかの建造物に興味深い共通点を見つけることが出来た。それは歴史的建造物の中に幻獣をモチーフに入れ込んでいるものが幾つかあることが分かったんだ。例えば重要文化財に指定されている日本橋、ここには獅子が四匹、麒麟が二匹造られている。その麒麟には羽が生えている。通常の麒麟の彫刻像には羽は生やされないんだ」

「羽ですか」

「そう、まあ羽の話は置いといて、他にも明治から戦後までに作られた建造物の中に幻獣、妖怪がモチーフにされたデザインを入れた建物がある」

「そんな建築物があるんですね。それが今回のリリーさんの失踪につながるんですか？」

と祥子は自分の知りたいことを聞いた。

「そう急かさないで聞いて。大倉集古館、靖国神社の游就館、湯島聖堂、築地本願寺などが幻獣、妖怪をモチーフに取り入れているのだけど、これらを造った建築家は明治から昭和まで活躍した伊東忠太という建築家だ。それらは全て彼の作品なんだ」

「湯島聖堂とか築地本願寺とか、私も見たことあります。動物の意味とか全然わかんなかったけど。妖怪にも可愛いのありました。お腹がまんまるに太ってたり」

「地図の上に並べて見ると、それらの建造物はみんな皇居を中心に、天皇を守護しているように造られていると僕には思えた」

「凄い発見じゃないですか。幻獣たちが皇居の周囲を守護しているという訳ですね」

「本願寺には伊東が造った青龍、朱雀、白虎、玄武が残されていることを考え合わせると、彼は当時、東京や天皇を建築物の造型を以て、陰陽道的に守護することを考えていたんじゃないかと僕は推理した」

「そうかもしれないですね。でも単にデザイン的に妖怪とかに惹かれていただけという事はないんですか？」

「僕は建築物への配慮が、彼の愛国心の現れに思える。そして戦後にその考えを利用した者がいる。戦争中に東京の防空壕として造られた地下の通路や空洞を隠すために」

「伊東忠太は単なる建築家で、その建造物を何かの目的に使った誰かが他にいるという事ですか？」

祥子は次第に入り組んでくる大也の話になんとか着いて行こうと、懸命に彼の話を聞いた。

「そう、道標（みちしるべ）としてだ」

「道標って道しるべ、ですか？」

「妖怪に暗号を入れたんだ。例えがアーチ状の曲線の中央に置かれた石をキーストーンという。その石に描かれた幻獣は、キーになる幻獣で重要な意味を持つんじゃないかとか。さっき羽の生やした幻獣は脱出口を示してるんじゃないかとか」

「大也君は、そんなことといちいち考えて、スケッチしてたんですか？」

「うん、まあ……」

「頭おかしくならないですか？　ていうか、既にちょっとおかしい感じも」

「おかしくないって。それらの暗号を紐解くうちに、その意味が幾つかが分かって来たんだ。意味していることの重要なことは、皇居の地下への入口と出口さ」

「地下への入り口ですか」

「どうやら、皇居のどこかから地下に通じる抜け穴があったんじゃないかと思うんだ」

「抜け穴って、そんな戦国時代みたいな」

「そうでもない、太平洋戦争の時、結果的に皇居は空襲に遭わなかったけど、もしかしたら新型爆弾の直撃にあうと、当時軍部は考えていたかも知れない。その頃東京には多数の防空壕が民間で造られたけど、どれもそんなに地中深い穴じゃなかった。陸軍は大規模な防空壕を掘って、軍の中枢をそこに移し、アメリカとの本土決戦に備えようとしていた」

「そんな事って……」

「1981年、元陸軍築地部所属の浄法寺朝美が、戦後随分経って発表した陸軍の極秘資料によると、戦局が思わしくないと陸軍が考えたのは昭和15年、東京都の地下に防空設備の建造に取り掛かった。その場所の一つは旧海軍種が面した道路、現在の国会議事堂付近の地下だった。そこに14×33×13メートルのコンクリートの箱を道路から18メートル程深くに埋め込んだと記録にある。天井部分のコンクリートの厚さはなんと1メートル。現在のアメリカの直下型の貫通弾ではひとたまりもないけど、当時としてはかなり凝った堅固な設計だった。そこに大本営の指揮系統の中枢を設置したんだろう」

「そんな記録が出て来たんなら、それは確かにあったんですよね」

「そこには旧通産省が大型コンピュータを設置して、使っていたが通産省の役人たちも戦後、その存在を外部に極秘にし続けた。この防空壕は現在の地下鉄千代田線の霞ヶ関駅に造り替えられた。国会議事堂の地下にも地下室は造られたが、浄法寺レポートではその詳細は書かれなかった。現在もその詳細は公開されていない。なお謎の闇は深い」

「霞が関以外にも、その頃造られた地下施設があったという事ですか」

「東京の地下には多数の地下空洞が造られ、それらを繋いでいる抜け道が掘られていた」

「それで、何か見つかったんですか？」

「伊東忠太の建築物の一つ、東京大空襲で亡くなった慰霊者を祀る東京都慰霊堂は戦後になってから忠太が造ったものだ。両国の横綱公園の中にある。戦後に何かを伝えようとしたならここにヒントがあるんじゃないか」

「でも、大也君は三社祭の夜はそっちには、行かなかったんですよね？」

「あの日は浅草駅の周りをうろうろして、ワビの缶詰がやっと買えたんで、シェアハウス花川戸に戻ってご飯をあげた。遅くなったんでワビに怒られた」

二人がそんな話に夢中になっていると、帝竹の事務所からチャリを飛ばしてきたのか交差点の反対側に林の姿が現れた。

彼は祥子と大也を見つけると、大きく手を振ってきた。祥子もそれに応えて、手を振りかえす。

それにしても彼女は一体なんでマネージャーの林をここに呼んだんだろうと大也は不思議に思った。

信号が青になり、林はこちら側に渡ってくる。自転車を飛ばしてきたせいか、顔中に汗の粒を噴出させている。大也は祥子程彼と話したことはないので、そんなに林と親しくはない。

ぺこりと林に挨拶する。林もそれに答える。

祥子はその挨拶の後、早速林に聞きたいことがあった。

「来ました祥子さん。僕は何をすればいいんですか？」

林は勇んで祥子の顔を見て、そう聞いてきた。

「リリーさんの携帯にＧＰＳ入れてますか？」

祥子の質問は至って端的だ。

「はい、仕事上何かあった時のことを考えて、ＧＰＳのスイッチは常に入っているはずです」

祥子の勘は当たったようだ。

「それなら、林さんは彼女の携帯の位置は、既に調べてみたんですか？」

祥子はそれなら話は早いだろうと林に聞いてみた。

「あっその手があったんですね。まだ、やってません。勝手にＧＰＳで調べたりしたら、リリーさんに悪いかなと思って。僕が怒られるかも」

こんな火急の時に何を言ってるんだろうと、祥子は思い大也と顔を見合わせた。

「今はそんなこと言ってる場合じゃないですよね、林さん」

「はい！」

「すぐに彼女のスマホの場所を特定してください」

「分かりました！」

林は上着のポケットから自分の携帯を取り出すと、ＧＰＳのトレース機能でリリーの携帯の座標を特定した。

作業はすぐに終わった。ＧＰＳは殆んど彼ら三人が立っている場所の座標を指しているのだ。

「どこですか？」

「丁度この辺りのどこかです」

と林は言った。

「ここは見ての通り駅前の大通りですから……」

大也はリリーの携帯があるのが、地下だったなら座標は多少不鮮明に表示されるかもしれないと推察した。

「祥子ちゃんの言う通り、やっぱり地下鉄の銀座線の辺りが怪しい」

大也はそう言って、浅草地下街の入り口から階段を駆け下りていった。

その後を祥子、林の順で地下街に降りていく階段を進む。


「祥子ちゃん、どうして銀座線のホームとか思い付いたの？」

大也が銀座線の改札口でカードを出して、通過しながら後ろを振り返った。

「大也君に地下って聞いて、私も考えてみたの。千鳥足のリリーさんが浅草の駅前に来た時、ふらふらして、その辺りで大也君を人混みで見失ったとしたら、そのまま三社祭から帰ってくる人波に押し流されて、地下に降りちゃうこともあるんじゃないかなと思ったの」

三人は改札を抜けると一番線側のホームに向かって階段を駆け下りていった。

銀座線の浅草駅は一番線から下車する人、二番線から下車する人でホーム間を渡り通路を使って移動する。そのためする混雑の日は、余計中央の渡り通路が混み合うのだ。

「確かにそれなら地下に入るな。でも地下に降りても、こんなに明るい浅草の駅や通路で人がどこかに消えるって、あり得るかい？」

「銀座線のホームは渋谷から浅草に向かって着ている終点です。終点が浅草なんですが、そのホームの先に地下鉄のトンネルはまだ続いてますよね。私、昔っからあの先どうなっているのかずっと疑問だったんです。ホームの先のトンネルに線路が二車線続いてるのが、謎だったんです。浅草駅で地下に降りたら普通は人が行かないとこで、入っていけるところはあの線路の先なんじゃないかと……」

「そうかも知れません。もしかしたら、そこにリリーさんが」

林は祥子の説を聞いて、次第に心配で泣きそうな顔になってきた。

「行ってみましょう」

祥子がホームの階段側、どん詰まりの封鎖してある階段の先を指差して言った。

「この先だ。真っ暗で何も見えない」

終点のホームからなお続いている線路の先の闇を、大也はペンライトのわずかな光を翳して覗き込もうとした。それは無理のようだ。

「やっぱりそうです。ＧＰＳはこの先を指してます」

林は自分のスマホを確かめるようにもう一度調べ直し、改めてそのGPS画面を、二人にかざして興奮気味にそう言った。銀座線はとても浅いから、GPSの電波が辛うじて届くようだ。

「ホームに設置されているアンテナから、トンネル内に電波が届いているみたいですね。私、彼女の携帯鳴らしてみますね」

祥子が自分の携帯でリリーの電話番号を押す。

微かなメロデーが三人の耳に聞こえてきた。地下鉄の到着の喧騒と重なったら聞き逃してしまうほどのほんの小さなメロディ音だ。

「やっぱりこの先で着信音がします。彼女の携帯の呼び出し音ですよこれ。方向も大体GPSと一致しています」

興奮気味に話す林の声が、上擦って来たのが分かる。

「行こう」

祥子は一度決断したら行動するのはとにかく早い。それも浅草っ子の特徴の一つだ。

ホームで周りを見回して、駅員の姿がないことを確認してらすぐに線路に飛び降りたのだ。

「祥子ちゃん、林さん、気を付けて。銀座線の線路には600ボルトの電圧が掛かってる。レールと同じ外側の路面に電源供給用のレールがもう一本ある『第三軌条方式』だ。それに触ると危険だよ」

大也がまず最初に注意すべきことを二人に伝える。

「大也君、私は大丈夫。当然わかっているわ」

祥子は、子供の頃から繰り返しお爺ちゃんにおどされている。

一方、林はそう聞いて、上半身をホームに残したまま、恐る恐る足を地面に延ばして、レールのある地面にそっと足をついている。

「線路の内側を歩いて。余計な所に触らないように」

大也の冷静な注意が祥子に飛ぶ。

「分かってるって」

そう言って祥子は、まだ駅の構内の明かりが照らしている辺りまでは、奥に向かって延びている線路の間を慎重に歩いて行った。

数歩進むと、その先は足元も闇に包まれてしまう。

「酔っぱらってそんなとこ歩いてたら、足を滑らせてもっと下に落ちても不思議じゃない。どうやら僕より先にリリーさんが、探していた地下迷宮へのチケットを手に入れてしまったのかも知れない」

そう言って大也が祥子の後ろからペンライトを翳して、歩いてきた。

大也続いて、林がよろよろと進んでくる。足元がおぼつかないうえに、足先が震えている。

彼はこういう場所は、とても苦手なタイプなんだろう。

「ちょっと待って」

大也の一言で祥子と林はその場に立ち止まる。

周囲が闇に包まれているので、何かあるかと思うと容易には動けない。

「こんなこともあろうかと」

そんな事を言いながら、大也は自分の上着のポケットから手のひらサイズのメカを取り出した。リモコン操作のようなそのメカニックを彼はスイッチを入れて、手のひらから離し、そっと空中に浮かせた。

メカの両サイドからライトの光が地上を照らし出した。ペンライトより少し明るい程度だがこの状況ではとても心強い光だ。

「これは改良型カブト君2号だ」

「随分カブト君、小さくなりましたね」

祥子がロボット大会でのごついカブト君を思い出してそう言った。あの時は、全長25

センチほどで、重さも1キロ以上あったと思われたからだ。

「大会の時は、相撲の試合を想定して重量を重めに設定していたんだ。これは超小型ドローンと同じ四基のホバーで空中に静止したり、地上30センチほどで水平に移動できる設計になっている」

「こんな小さいのまで大也君、作れるんだ。凄い、凄い」

祥子は単純に大也の制作能力に拍手を送った。

「そんなに驚かれると恐縮しちゃうな。それ程の事はないよ。アキバとかで売ってる超小型ドローンをベースに、ライトと記録用のカメラレンズを装着して、接触センサーレーダーを四方に付けたタイプなんだ。これが付いていると壁のぶつかって落っこちたりしないで、その手前でホバリングしてくれる」

「へ～、やっぱ凄い凄い、大也君のメカ造りも、思わぬところで役に立つんだね」

「祥子ちゃん、なんか、ちょっと口が悪いですね」

「すいません」

そこからはカブト君2号が、地上30センチほどの高さで三人に先行して、暗闇の中を進んで行った。

辺りが完全な闇に包まれてから、更に50メートルほど進んだところで大也は祥子に声を掛けた。そこからは、今入ってきた線路の入り口が小さな円形の光にしか見えない。

大也の後ろを着いてきた林は、いつの間にか両腕で大也の上着の裾を力一杯握りしめている。もはや、彼から離れて歩くことなど、想像も出来ないといった腰の引けたポーズになっている。

「祥子ちゃん、リリーさんの携帯番号もう一回鳴らして」

大也は、音の大きさから考えてリリーの携帯の位置が大体この辺りと考えたようだ。

「はい、」

「こう暗いと。何もよく見えないね」

そう言いながらも大也は、僅かなペンライトの光で周囲をゆっくりと見回している。

リリーの携帯を見落とさない様に細心の注意を払って調べているのだ。

「鳴らします」

るんるんるんと着信音が遠くから聞こえる。

「これ、確かにリリーさんの着信音ですよ」

大也は、さっと音のする方向にライトを向けた。

そこに裏返しになったスマホ画面の長方形の光がわずかに見えた。リリーの携帯の液晶画面の光だ。祥子は自分の携帯を切って、そのリリーの携帯を拾い上げた。

携帯は浅草の駅から続いている2車線の内の一つの線路の間に、無造作に落ちていた。その状態から、リリーが足元の見えない砂利で転び、ポケットから落ちた携帯を拾えなかったのだろうと推察できた。

それでもリリーはこの奥に進んでいったのだろうから勇敢というか、その時の神経はどうかしている。

いくら酔っぱらっても行動が無謀すぎないかと祥子は思った。

大女優は度胸が人並み外れて、腰が座り過ぎている。

「よし、ビンゴだ。僕はこのまま先に進むよ。祥子ちゃんと林さんは出来ればここから今来たホームに戻って、待っててくれないか」

大也は二人に万が一のことがあると大変だと思ったのか、地下鉄のホームに戻ってくれるように頼んだのだ。

「私、一緒に行きますよ。大也君だけだったら危なっかしいでしょ」

と祥子は大也の提案に決然と反対する。それに対して
「あのぉ、僕はホームで待っててていいですか。足が竦んでしまって正直このまま付いて行っても足手纏いになってしまいます。何かあったら携帯鳴らしてください」

林マネージャーはここまで来れたことが既に、精一杯のようで撤退を切望した。

大也はその方が行動しやすいし、他人に余計な注意を払わないで済むので助かると思った。無論彼はここからの林の撤退を臆病者とは思っていない。

ここで戻ることはとても勇敢な行動なのだと祥子も思った。その癖、祥子は自分は戻ろうとはしない。困ったものだと大也は思った。

「はい、分かりました。ホームで待機していてください。祥子ちゃん足元に気を付けて付いて来て」

大也はそう言って先に進み始めた。

戻ると言って、頭を下げた林は、僅かに見える小さくなった光源を目指して、足元を気を付けながら、ゆっくり、ゆっくりと引き返して行った。

先行しているカブト君が線路の右側に寄って行き、そこの地面を照らし出した。

「おっと、ここに陥没した後がある。気を付けて祥子ちゃん」

先行してペンライトを地面に向けながら進んでいく大也が、祥子に注意を促した。足場が次第に危なくなってきているのだ。

祥子は大也の後ろから彼の上着の裾を摑んだ。そうすると祥子も先ほどの林と同じような態勢になる。

「この奥に何かある。僅かな光が見える」

大也がそう言って、30メートルほど先の洞窟と交差している通路を指差した。わずかな光がどこからか漏れてきている。

「うわっ」

大也が声を出した。足元に階段の様な地面の段差があったのだ。慌てて止まった大也の背中に祥子がぶつかる。

「きゃ」

祥子も声を上げる。

二人とも立ち止まってそこでゆっくりと息を整えた。よく見ると先の方に僅かな光が射している。大也は今の段差を教訓にして、慌てずに慎重に足元を照らしながら、一歩一歩足元を踏み固めて前に進んでいった。

その分だけ、前進していくスピードはそれまでの三分の一程度まで落ちてしまっている。

数歩進むと、又ほんの少しの段差があり、その先に右に折れる側道があった。

「だから、危ないから付いてきちゃいけないって言ったのに」

裾を引っ張って、後ろから着いてくる祥子に大也はそう言った。

できればこの辺りで彼女はもうホームに返したいのだ。大也はこれ以上彼女を危険な目に合わせたくないと思ったのだ。

「もう、さっき落っこちちゃったから遅いです」

「怪我はない？」

大也が優しく聞いた。

「大丈夫みたいです。転んでお尻少し痛いですが」

「そう、この小型のペンライトだけだと、そんなに長時間持ちそうにない」

「でもないより、全然いいですよ。カブト君はまだ持ちそうだし」

「進もう。この穴はまた別の側道に繋がってるみたいだ」

「ここ、レンガで補強してある。ずっと昔に誰かが作ったのよきっと。この地下道は」

「祥子ちゃん、危ないからここで戻ろう」

大矢はもう一度、祥子にホームまで戻ることを勧めてみた。

「行きます。もうここまで来たら置いてったりしないでください」

大也はため息をついた。何度聞いても彼女の答えは変わらないのだ。

「分かりました。その代わり離れたりしない様に、僕の上着の後ろか袖をしっかり握って、離さないように。僕の歩いたところと同じところをなるべくなぞって歩くようにしてください」

「分かったわ」

随分長い間、暗闇の中を進んで来たように思えた。

二人に先行して低く飛んでいたカブト君2号がスッと洞窟の脇の方に寄って行った。

そして地面に足を投げ出して、壁に寄りかかって座り込んでいる人影を薄っすらと映しだした。

カブト君に搭載されている熱センサーが、人体の体温に反応したのだ。

その時、カブト君の照らし出した辺りから、聞き慣れた声が響いた。

「あれ、妙ところでお会いしますね。お二人さん」

声の主は紛れもなくリリーさんだ。

「リリーさん！」

大也と祥子はほぼ同時に声を挙げた。

とうとうリリーさんに巡り合えたのだ。祥子はここまで苦労して進んで来たかいがあったと思った。

「よかった。ここで3日間じっとしてたんですか？」

祥子はとにかく無事を確認しようと、リリーに声を掛けた。

「いやね。この先にマンホールに続く横穴が有ってさ、そこから上に上がれるかなと思ってたんだけど、ここで引っかかっちゃってさ」

リリーの声音はこの状況にも拘わらず、あくまで軽妙で明るい。

こんなほとんど光の指さない暗闇の中で携帯も失くし、誰とも連絡が取れず、数日を過ごしていた割には、あっけらかんとしているように見える。

「ここは？」

祥子はリリーさんに処に差し込んでくるほんの僅かな光の元が何なのか知りたかった。

「私の背中の壁の中がワインの貯蔵庫みたい。そこの壁が腐って落ちてるんで、引っ張るとワインが飲み放題、のベスポジなの」

「リリーさん」

祥子が呆れてそう叫んだ。こんなに心配して来たのに超高級ワインを浴びるように飲んで、3日も過ごしていたというのか。驚きを通り越して呆れてモノが言えない。

「いやあ、こんな暮らしもいいかなって、つい我を忘れてここに居座っちゃって」

リリーは少し自堕落な数日の生活が恥ずかしくなったのか、照れた笑いを浮かべた。

このままここに誰も助けに来なかったら、どうするつもりだったんだろう。

「3日も飲んだくれてたんですか」

祥子は呆れた顔で、リリーにそう聞いた。

「休暇、休暇」

リリーの口調はあくまで軽い。

「林さんが心配してましたよ」

ここで祥子は少しはリリーの気持ちを元の生活感覚に戻そうと、林の名を出してみた。

「あいつか、心配させとききゃいいのよ。無理なスケジュールばっか詰め込んできてさ。仕事は整理して断るのもマネージャーの仕事でしょって事よ。分かるでしょ」

リリーの言葉は林の名を出すとすぐに現実に立ち返るようだ。それだけ彼のことを目の上のこぶのように邪魔にしているようにも見える。林が可哀そうだ。

「はい、分かります。うわっ今日は凄い酒くさ〜」

リリーに顔を近づけた祥子は彼女のアルコールの臭いに驚いた。

彼女の吐く息は物凄く甘いアルコールの香りを発散させている。それは嗅いでいるだけで確実に酔っぱらう程だ。

「そりゃあなた達が素面だからよ。飲んでないせいでしょう。まあ飲みなさいボルドーの１８３５年物」

「そんなの飲めませんて。どなたかの秘蔵品でしょ」

「お金だったら後で払うわよ。そんなの全然大丈夫」

「とにかくここから出ましょう」


「静かに」

突然、そう言って大也が二人の声を制した。

三人が声を殺してその場に静寂が戻って来ると、漆黒の闇の彼方から微かな人の声が響いてきた。声は日本語ではないようだ。

それに伴って、地下の通路を伝って数人の足音が響いて来た。

「しっ誰か近づいてくる。明かりが見える」

大也が二人を壁際の隙間に押し込むようにして、その場からゆっくりと後ずさりする。

「こんなところに来る人がいるんですか？」

小さな声で、祥子が大也にそう聞いた。横にいるリリーはさっきより顔が近づいたことで余計に酒臭い。

「時間は夜の九時、工事の方ではないですね」

大也はそう言うと二人に緊張を促した。それまでホバリングを続けていたカブト君2号を手のひらに乗せ、電源を切ってポケットに仕舞い込む。明かりを見られたり、音を聞かれないためだ。

「助けてもらいましょう」

思い付いた様に、祥子がそう言う。

「ダメだ、危険だ！」

大也の声は小さいが、強い口調で緊張感あり、これまでにない高まりを表していた。大也の様子から、こちらに向かって進んでくる人達が、何かとてつもなく危険な存在だと、二人とも感じない訳にいかなかった。

「この地下道は日本人にさえまだ公開されていないんです。そこをどうやって調べ上げたのか分からないけど、海外から調査が入って来ている。彼らの目的が単なる学術調査とはとても思えない。どうも、彼らのしゃべってる言葉は中国語っぽい。もしここで我々が見つかったら、彼らはこの地下道の秘密を守るために、我々をどうするかわかりませんよ……」

大也は、二人にしか聞こえないような小さな声でそう言った。

近づいてくる声が次第に大きくなって来る。

「しっ声を立てないで」

迫ってくる人影とは反対側の闇の中から突然別の声が聞こえた。小さいがはっきり聞こえる澄んだ声だ。

「あなたは、ブルーノさん」

リリーはワイン貯蔵庫の壁の隙間から、わずかに漏れる薄明りでなんとかブルーノの顔の輪郭を判別したようだ。

「おや、ひょんなところでお会いしましたね。リリーさん」

ブルーノはそこで、にっこり笑ったのが分かった。リリーに再会できて嬉しいのだろう。

「あなた、花川戸の寄り合いで会ったイギリス人の」

祥子は先日の記憶を思い出しながら、彼に挨拶する。

その後、ロボット大会の日は一緒に今半まで行ったのに、席が離れていて彼女はブルーノとはほとんど話していなかったから、記憶が薄れているようだ。

「ブルーノです。祥子さんお忘れですか？　お久しぶりです。もしやお困りの様子。いやぁ、リリーさんを助けて差し上げられるなんて光栄ですなぁ」

祥子はブルーノにそう話し掛けられて、少し彼の記憶が蘇ったようだ。

祥子は男性の、特に関心の薄い人の顔の覚えが悪いのは大きな欠点だった。

母から子供の頃に失礼になるから、もっとしっかり人の顔を覚えろと叱られたことが幾度もあった。

「でもなんでここが分かったんですか？」

「大也君に携帯で呼ばれました」

「ブルーノさん、彼女たちを連れて、今来た道を戻ってください」

「大也君も、一緒に戻ろう！」

祥子が大也の袖を引っ張った。

「ダメだ。あの連中を、ココで足止めしないと」

大也はそれが自分の役目だと決めているようだ。

「でも、あの人たちの正体は、まだ誰か分からないんでしょ。危険だよ、逃げようよ」

祥子は何とか大也もここから一緒に戻らないとダメだと、彼に繰り返し言い続けた。

それでも大也の決意は揺らがない。

「ブルーノさん、リリーさんと祥子ちゃんをお願いします。リリーさんは足を挫いてますから気を付けて」

大也がそう言っている間に、ブルーノはリリーを自分の背中に抱えようと、膝を屈めて彼女に背中を向けた。

「痛い」

リリーの口から思わず声が出る。

3日間ずっと、挫いた足首の痛みは続いていたのだろうが、酒で痛みを我慢していたのかもしれない。祥子は大也と自分が此処に現れた時、彼女が平気な顔をしていたのは単に彼女の強がりの気性のせいだと分かった。

「それで、ずいぶんとワイン飲んだんですね。もう、大人なのに強がり言って」

ブルーノはあくまで優しい口調で、リリーにそう言った。

「私の背中に捉まって、おぶさってください」

そう言って彼は優しくリリーをリードして、おぶって立ち上がった。

「大也君も行こう。どうせ大也君は、衛星落とすぐらいしか手品、出来ないんだから」

と祥子は大也の袖を引っ張った。

「あら、もしかしてタネばれてたのか？」

大也はちょっと恥ずかしそうに頭を掻いたが、だが頑としてその場を動こうとしていない。

「さあっ、行きましょう祥子さんも。ここは大也君に任せて」

ブルーノの声で、祥子は仕方なく大也をそこに残して、ブルーノの後を付いて行った。

「祥子ちゃん、少し遅れるけど、ちゃんとシェアハウスに戻るから。リリーさんの手当てと林さんの連絡頼む」

大也は祥子にそう言って、軽く手を振った。

まさかこれが最後のお別れにならないよね、と祥子は急に不安な気持ちになった。

それでもブルーノの後を付いて、その場から今来た道を戻って行った。

少しして大也がいたあたりから、数人の悲鳴と大きな爆発音が聞こえて来た。

大也が何かとっておきの大きな手品をやった、と祥子は思った。

# 終章

地下道からリリーを連れ戻した翌朝、祥子はシェアハウス花川戸に医者を呼んで、リリーを介抱していた。診断した医者が言うには、彼女はアルコールさえ抜ければ、足の捻挫以外は健康体だという事だ。

リリーさんはなんて強い人なんだと祥子は改めて驚いた。

大也はその夜は、とうとう帰って来なかった。

祥子はとても心配だったが、ブルーノの後に付いて、やっと逃げ出してきた銀座線のホームから繋がる地下道に、またすぐに戻る気力はとてもなかった。


気が付くと祥子のスマホに数通のメールが来ていた。

祥子はそのメールを開けてみる。すると、それは彼女へのバースデーメールだった。

彼女の誕生日が今日だったのだ。

祥子は三社祭からの一連の騒動で自分の誕生日をすっかり忘れていたのだ。実家に帰ると母が手料理を作ってくれているかもしれない。

少し前まで東京を離れていた祥子には、旧友の数人からバースデーメールが来ただけで、パーティをしようとかのお誘いはなかったのだ。

ほんの少し寂しい気持ちで、実家に帰ってみようか、それとも自分の部屋で一人、バースデーケーキを食べようかと考え込んでいると、携帯にまたメールが飛び込んで来た。

それは、心配していた大也からのメールだったのだ。

「祥子ちゃん、僕は大丈夫。あのあと無事、地下道から脱出出来ました。でも、少しやることが残ってたんで、昨夜はシェアハウス花川戸に戻れませんでした。心配かけてごめんなさい」

と書かれていた。

「追伸、今、暇だったら桜橋まで来ない？」

とメールの文章は結ばれていた。

祥子はその文章を読むと急に安心して、全身がぐったりしてソファに座り込んでしまった。大也の呼び出しって何だろう？

とりあえず祥子は着替えて、すぐに桜橋に向かうことにした。

桜橋の袂に大也は一人佇んで水面を眺めていた。

その姿を見つけて、祥子は声を掛けた。

「もう、心配させて、真っ直ぐシェアハウスに帰って来なさいよ。何かあったかと思うじゃない。こんなところに呼び出して、いったい私に何の用？」

祥子にそう言われて、大也は寄りかかっていた欄干から体重を前にずらし、一歩前に出た。

「今日は、祥子ちゃんに、心配をかけたお詫びに、もう一度マジックを見てもらいたくてさ」

「それで、桜橋で待ち合わせって？　もしかして、また私に彗星を見せてくれるの？」

祥子はそう言ったが、その手品の種はもう自分は知ってると思った。昨日大也にカマかけたらバレてると教えてくれたじゃない、と祥子は昨夜の会話を思い出していた。

「今日の手品はちょっと趣向が違うんだ。ほら祥子、空を見て！」

そう言って、大也は手のひらを開き、両手を思いっきり高く挙げた。

祥子の視線は、大也の手の動きに従って、自然大空に向かう。

「うわっー凄い」

するとそこには、夜空に光の点滅する文字で「ＨＡＰＰＹ ＢＩＲＴＨＤＡＹ」と大きく書かれていた。

「本当に凄い！」

それはいくつものドローンが夜空に描き出した光の文字の誕生日カードだった。

「なんか、誕生日プレゼント他に思いつかなくてさ」

夜空には、ドローンが何基も飛んで、光の文字をの組み合わせを変化させていく。次の文字は「ＳＹＯＫＯ」だ。

「スゴイよこれ、最高よ！」

「ははは、よかった」

「でも、どうして私の誕生日を大也君が知ってるの？」

祥子の心に素朴な疑問が浮かんだ。その疑問に答えるように大也が微笑む。

「まだ、分かんないかな？」

そう言って一枚の写真を取り出して、祥子に渡した。

「えっ？」

それは祥子がまだ幼かった時の三社祭の写真だった。祭り支度の幼い祥子の隣には、半被を来た男の子の写真が彼女と並んで写っている。

「あれ？　この子、いじめっ子の大ちゃんだ」

祥子はその写真を見た途端、隣に映っている男の子の名前を思い出して口にした。

「そうだよ、祥子ちゃん。小さい時の呼び名は、大ちゃんだよ」

大也が優しい声でそう教えてくれた。

「本当にいつも一緒に遊んでくれた大ちゃん？」

祥子は驚いて、そう聞き返した。

「そうだよ。僕は直ぐに分かったよ、吾妻橋の上で祥子ちゃんに会った時にね」

大也はそう言って微笑んだ。

「なんであの時すぐに言ってくれなかったのよ！　大ちゃんだって」

祥子は自分が思い出せなかったことが、少し恥ずかしくなってきた。

「だって、祥子ちゃんがいつ気付くか、待ってたんだもの」

また、大也の意地悪だ。確かにいじめっ子の大ちゃんだ、と祥子は思った。

「もう、私そんなにすぐには分かんないよ、背も高くなって、鼻も高くなって外国人みたいになったちゃって。大也君が、昔の私の幼馴染の大ちゃんだなんて、分かんないよ」

そう言って、大也から目を背けた。

「あはは、ごめん、ごめん」

大也はそう言って、照れ隠しに少しおどけて見せた。

「ああ、私、本当に浅草に戻って来てよかった。だって、仲良しの大ちゃんに、また会えたんだもの」

祥子は大也に背を向けて、隅田川の川面を見ながら、心の中でそう言っていた。

おしまい

# あとがき

今回のお話の舞台である浅草を歩くと、穏やかな気持ちになる。よく考えると、なぜそうなるのか不思議である。

穏やかな気持ちになる、という事は、自信が湧いてきているということだ。身体が周囲からエネルギーをもらって、頑張ろうという気持ちになっているのだ。浅草という街には、そんな力を与えてくれる、人々の精神力の集合があるのではないかと思う。それは、現在だけではなく、遠い過去から折り重なって街全体から発散されている。つまり浅草はパワースポットなのだ。

歴史に触れる、言葉に耳を傾けるなら、京都も一緒じゃないかと言われたことがある。浅草と京都の違いを言うなら、京都は古いものをとても大切にする街だが、浅草は本当は古いものよりも、新しい物好きなのではないか。新しい物好きとは、つまり好奇心の感覚だ。

日本初の電動エレベーターは凌雲閣からで、日本初の地下鉄も浅草からだ。

六区の映画街の賑わいも、欧米の最新映画や、芝居や芸に熱狂した浅草庶民の新しい物好きに起因する。海外の流行歌や踊りを、いち早く取り入れた松竹歌劇団の国際劇場も好奇心旺盛な浅草の人々に大人気だった。

神谷バーの電気ブランをはじめ、すき焼き、和菓子、江戸前寿司、穴子寿司、柳川鍋、おでん（関東煮）、べったら漬け、深川丼、ちゃんこ鍋、もんじゃ焼き、お好み焼き、天ぷらに、芋羊羹など、浅草を中心とした下町文化をルーツとする洋食、和食、B級グルメはとても多彩だ。

そんな浅草も、一昔前の昭和の終わりごろはTV文化の台頭と、新宿、渋谷などに文化圏が移動していったことで、賑わいを失って行ったと言われている。しかし、浅草人はあまり深刻に思っていない。浅草は今でも文芸の湧き出る泉だと思っているのだ。

古いものと、新しいもの、伝統と好奇心の同居する街、それが浅草の魅力に違いない。

宮川総一郎

宮川総一郎先生へのファンレターの宛先

〒101-0003　東京都千代田区一ツ橋2-6-3　一ツ橋ビル2F
マイナビ出版　ファン文庫編集部
「宮川総一郎先生」係

# 東京謎解き下町めぐり
## 人力車娘とイケメン大道芸人の探偵帖

2018年6月20日　初版第1刷発行

| | |
|---|---|
| 著　者 | 宮川総一郎 |
| 発行者 | 滝口直樹 |
| 発行所 | 株式会社マイナビ出版 |
| | 〒101-0003　東京都千代田区一ツ橋2丁目6番3号　一ツ橋ビル2F |
| | TEL　0480-38-6872（注文専用ダイヤル） |
| | TEL　03-3556-2731（販売部） |
| | TEL　03-3556-2735（編集部） |
| | URL　http://book.mynavi.jp/ |

| | |
|---|---|
| イラスト | 転 |
| 装　幀 | 佐藤千恵+ベイブリッジ・スタジオ |
| フォーマット | ベイブリッジ・スタジオ |
| DTP | 株式会社エストール |
| 印刷・製本 | 図書印刷株式会社 |

Fan
ファン文庫

## 繰り巫女あやかし夜噺
~かごめかごめかごのとり~

とんとんからん、とんからん。
古都が舞台の、あやかし謎解き糸紡ぎ噺第２弾。

古都の玉繭神社にある機織り小屋で、
今日も巫女・絹子は布を織る。
そしてまた、新たなる事件が始まった……。

著者／日向夏
イラスト／六七質